亦

舒

作

品

胭脂

亦舒

- 作品 -

31

湖南文艺出版社

胭脂

目录

胭脂

壹·

许久许久之前，我已领悟到生命的奇妙。

为了这个原因，我尊重我母亲。

每个人都有母亲。没有母亲，就没有我们。

我有母亲，自然，同时我亦是别人的母亲。

许久许久之前，我已领悟到生命的奇妙。

为了这个原因，我尊重我母亲。

至于我爱母亲，那又是另外一个故事了。

我母亲与别人的母亲有点不一样。

她很年轻。

通常来说，一个三十四岁的中年妇人的母亲，应该穿着灰色丝旗袍，梳个髻，一脸慈祥的皱纹，一开口便"孩子呀，娘是为你好……"，闲时弄了粥饭面点，逼着女儿吃下去。

我母亲却不是这样的，母亲只比我大十七岁。

或许你会说，呵，一个五十一岁的女人也就是老女人了，但那是因为你没有见过我母亲的缘故。

但凡见过她的人，都不相信一个女人可以保养得那么好，风姿绰约，比起她的女儿有过之而无不及。

事实上，我的女儿、十七岁的陶陶，常常说："我情愿外婆做我的母亲，她长得美，打扮时髦，而且思想开通。"

母亲长得美，是因为她的母亲、我的外婆，是一个美女。她得了她的遗传，轮到我，就没有那么幸运，我长得像我爹。而陶陶，她得天独厚，我母亲、她外婆的一切优点，都可以在她身上找到。

我是最不幸的夹心阶层，成为美女的女儿，以及美女的母亲，但我本身，长得并不太美。

我有一位仍然穿獍皮裤子的母亲，与正在穿三个骨牛仔裤的女儿，我无所适从，只得做了一大堆旗袍穿。

有时候连我自己都觉得比母亲还老。

亲友都说："之俊同她母亲，看上去像是两姐妹。"

他们又说："陶陶同她母亲看上去也像两姐妹。"

这时候母亲会啐他们："发神经，再说下去，外婆同外孙女都快变成两姐妹了！"

连命运都是遗传性的。

每隔十七年，我们家便有一个女儿出生，还有什么话好说。

三个女人并不在一起住。

母亲同老女佣一姐住老房子，相依为命。一姐是她自一九五〇年以六十元港币雇下的顺德籍女佣。

我自己在一层中级公寓。

陶陶住学校宿舍，假日周末两边走。

说到这里，应该有人发觉我们生活中好似欠缺了什么。

男人。

我的父亲呢？陶陶的外公在什么地方？

父亲很早便与母亲分开，另娶了一位广东妇女，再养了两个儿子，与陶陶差不多年纪。

他们之间的故事，犹如一列出了轨的火车，又长又悲。

我的母亲很特别，不见得每个老女人都有一段情，但她有许多过去，铺张地说出来，也许就是一篇张爱玲式的小说。

陆陆续续，在她的申诉与抱怨中，一点点积聚，我获得资料，了解她生命中的遗憾与不如意。

都是为了男人。

男人不与我们住，不代表我们不受男人的困扰。

陶陶的父亲，也已与我分开良久良久。

我们的家，此刻似个女儿国，无限的惆怅，多说无益。

不过陶陶是我们生活中的光辉。

从没有后悔把她生下来。

从小她就是个可人儿，住在外婆家，由一姐把她带大。

一姐本来要辞工，两只手摇得似拨浪鼓，说受够了我小时候的急脾气，这下子她也老了，不能起早落夜地带小娃娃。但是孩子一抱到她面前，她就软化了。

陶陶出生时小得可怜，才二公斤左右，粉红色，整张脸褪着皮，额角头上的皱纹比小沙皮狗还多几层，微弱得连眼睛都睁不开来，又没有头发，丑得离奇。

我哭个不停，我以为初生婴儿都像小安琪儿，滚胖的面孔，藕般一截截雪白的手臂，谁晓得经过莫大的痛苦后，生下一只似小老鼠的家伙。

我根本不愿意去碰陶陶，很久也没有替她取名字。

这个名字是叶伯伯取的。

叶伯伯是谁？慢慢你会知道的。

叶伯伯说："'陶'，快乐的样子，瓦器与瓷器的统称，造就人才，修养品格谓之陶冶，这是个好字，她又是女婴，叫陶陶吧。"

陶陶就是这样成为陶陶的。

母亲升级做外婆，非常受震荡，她困惑地说："别的女人轻易可以瞒岁数，我却不能，外孙女都出世了，真是命苦。"

命苦是真的，因为不能瞒岁数而呻命苦是假的。

因为婴儿实在丑与可怜，大家都爱她。

一晃眼便十七年。

有很多事不想故意去记得它，怕悔恨太多，但陶陶一直给这个家带来快乐欢笑。

最令人惊奇的，是陶陶越来越漂亮，成为我们生命中的宝石。

母亲喜欢说："一看就知道她是上海人，皮子雪白。"

她痛恨广东人，因为父亲另娶了广东女人。

其实现在已经不流行了。

现在作兴痛恨台湾女人。

所以母亲外表最时髦，内心仍然是古旧过时的，像一间装修得非常合时的老房子，她此刻住的房子。

房子还是外公的钱买的。她自父亲那里，除了一颗破碎的心，什么也没得到。

她老是说："咱们家的女人，没有本事。"

我总寄希望于将来："看陶陶的了。"

这一日是周末，母亲与女儿都在我家。

我极度不开心，因为陶陶的男朋友不合我意。

他是个十八九岁的西洋人，不知混着什么血统，许是葡萄牙，许是英国，眼睛黄黄的，阴沉得不得了，身板高大，颇会得玩，最讨厌的还数他的职业，竟是个男模特儿。

陶陶与他走了一段日子，最近打算与他到菲律宾旅行。

我极力反对。

陶陶举起双手笑。

"我投降，凡是母亲都要反对这种事，你也不能例外？妈妈，我可以告诉你，即使我同乔其奥在一起，我仍然爱你。"

"我不喜欢那男子。"我说。

"你不必喜欢他，我喜欢就行了。"

我很不开心，默默坐下。

陶陶的外婆幸灾乐祸："你现在知道烦恼了吧，之俊，那时我劝你，也费过一大把劲，结果如何？"

"母亲，"我说，"在我教导陶陶的时候，你别插嘴好不好？"

母亲耸耸肩："好，好，天下只有你有女儿。"她转身回厨房去看那锅汤。

陶陶过来蹲在我身边。

我看着她那张如苹果一般芬芳可爱的面孔，她梳着流行的长发，前刘海剪得短短，有几丝斜斜搭在她眼前，眼角尽是笑意。

"陶陶，"我知道这不公平，但我还是忍心把大帽子压下去，"你是我的一切。"

"胡说。"陶陶笑，"你还年轻，你还在上学，你有事业，你有朋友，你应该再物色对象结婚，什么你只有我？你还有许多许多。"

我如泄气的皮球，如今的年轻人真是精明。

"那么当是做件好事，陶陶，不要跟那个人走。"

"为什么？"她问，"只为你不喜欢他？"

母亲的声音来了："之俊，你过来。"

"什么事？"我走进厨房。

母亲推上门："你这个人，你非得把陶陶逼到他怀里去不可？"

"这话怎么说？"

"他们正情投意合，你的话她哪里听得进去，翻了脸她走投无路还不是只得跟了那乔其奥跑，你真糊涂！"

"那怎么办？"

"当然只好随得她去，听其自然。"

"不行，"我说，"她是我女儿。"

"不行也得行，你何尝不是我的女儿，你想想，你若依了我的老路走，她就会蹈你覆辙。"母亲说。

我闭上双目。

陶陶敲门："外婆，我可以进来吗？"

母亲换上笑脸："我想照外国人规矩，陶陶，别叫我外婆，太难听，叫英文名字算了。"

陶陶推门进来："好了好了，妈妈，如果你真的为了这件事不高兴，我不去就是了。"

母亲白我一眼，不出声。

陶陶有点兴致索然："我此刻就同他去说。"

母亲叮嘱她："记得回来吃饭。"

陶陶一阵风似的出门。

我喃喃说:"青春就是青春,六块半一件的男装汗衫,都有本事穿得那么漂亮。"

"你小时候也一样呀。"母亲捧杯咖啡在我对面坐下,"连我小时候亦何尝不如此。上海梵皇渡兆丰公园入场要门券,在出口碰到的男人,为了多看我一眼,还不是重新买票入场跟着多跑一转。"

我笑:"怕是你往自己脸上贴金吧,这故事我听过多次了。"

母亲冷笑一声:"嘿!我哄你干什么?"

我喝口咖啡:"以壮声色。"

"之俊,你少理陶陶的事,她比你小时候有分寸得多。"

我瞪大眼睛:"我怕她行差踏错。"

"得了,时势不一样了,现在无论发生什么事,都可以视为一种经历,你理她呢!你是她母亲,反正你得永远支持她。"

我问:"在我小时候,为什么你没有此刻这么明理?"

她理直气壮地说:"因为当时我是你的母亲。"

我哈哈大笑起来。

"随她去吧，稍过一阵，陶陶便会发觉乔其奥的不足。"

"乔其奥，活脱儿是男妓的名字。"

"之俊，你别过火好不好？"母亲劝说。

我长长叹口气。

母亲改变话题："最近生意如何？"

"当然非常清淡，如今破产管理局生意最好。"

"你也赚过一点。那一阵子真的忙得连吃饭工夫都匀不出来。"

"都是叶伯伯的功劳。"

"难得他相信你，做了保人，把整幢写字楼交给你装修。"

我用手撑着头："还找了建筑师来替我撑腰……他一直说他把我当亲生女儿一样。"

母亲点着一支烟，吸一口，不出声。

我为自己添杯黑咖啡，笑说："其实我差点成为他的女儿，世事最奇妙，当时如果你跟叶伯伯先一年来香港，就好了。"

母亲喷出一股香烟："是你外婆呀，同我说'你前脚出去跟叶成秋，我后脚跳楼'，叫我嫁杨元章。嘿，你看，我自己挑的人好呢，还是她挑的人好？所以，你对陶陶，不必太过限制。"

"但那个乔其奥，叫我拿性命财产来担保，我都说他不像是有出息的样子。"我愤慨地说。

"你外婆当年也这么数落叶成秋。"母亲说，"跟你说时势不一样了。你瞧瞧近年来走红的喜剧小生，就明白了。"

我被她说得笑了起来。

"你怎么不为你自己着想呢？找个对象，还来得及。"

"这个说法已不合时宜。"

"你总得有人照顾。"

"你应该比我更知道，不是每个男人都似叶成秋。"

弄得不好，女人照顾男人一辈子，肯被女人照顾而又心怀感激的，已算是好男人。有些男人一边靠女人一边还心有不甘，非常难养。

我说："我帮你洗杯子。"

"明天你父亲生日，"母亲说，"你同陶陶去一趟。"

我说："陶陶不必去了，她一去关系就复杂。"

"你父亲顶喜欢陶陶。他对我不好，对你仍然是不错的。"母亲说。

这是真的。

当年他已经很拮据，但仍然拿钱出来资助我开店。

我犹豫。

"他喜欢吃鲜的东西，你看看有啥上市的水果，替他买一点去。还有，酒呢，要好一点的威士忌，白兰地他讲是广东人吃的，讨了广东老婆，仍不能入乡随俗，算什么好汉！"

母亲的口气，一半怨，一半恨，仍带着太多的感情。在这方面，我比她爽快得多了。

我这辈子只打算记得两个人的生日：自己的，与陶陶的。

待我收拾好杯子出来，母亲不知沉湎在什么回忆中。

我拍拍她的手："你若戒了烟，皮肤还可以好一点。"

"好得过你爹？上次看到他，他可比电视上头戴水手帽子充后生的中生要登样得多。"

父亲是那个样子，永恒的圣约翰大学一年级学生。天塌下来，时代变了，地下铁路早通了车，快餐店里挤满吃汉堡包的人，他仍然是老样子，头发蜡得精光锃亮，西装笔挺，用名贵手帕，皮鞋擦得一尘不染，夏天规定要吃冷面、药芹拌豆干丝、醉鸡。

陶陶最讨厌这三样菜。

陶陶亦讨厌她两个舅舅。

是，舅舅是父亲跟后妻生的两个男孩，年纪同陶陶差不多大。

母亲说："那广东女人也不好过，当初以为捡到什么宝货，谁知他一年不如一年，如今连用人也辞掉，广东女人只得兼任老妈子，服侍他岂是容易？又没有工作，坐食山崩，"母亲嗤的一声笑出来，"我应该说，山早已崩了。"

我转头说："到现在就不该有狭窄的乡土观念了，这根本是广东人的地方。"

母亲恼怒："你老帮着他，你怎么不站在我这一边？"

我赔笑。

母亲仍然爱使小性子，自小宠坏了，一直拒绝沾染红尘。

说也奇怪，母亲也经历过抗战，也见过金圆券贬值，也逃过难，总还是娇滴滴。

历史是历史，她是她。

反而我，匆匆十多年，带着三分感慨，七分无奈，中年情怀毕露，化为灰烬，一切看开了。

或许陶陶并不这么想。

或许陶陶会暗笑："看开，还会对乔其奥抱这样的偏见？"

我微笑。

母亲说："笑好了，笑我这个老太婆嘛！"

"你有叶伯伯帮你，"我说，"这还不够？人生有一知己足矣。"

母亲不响。

我说："陶陶今年中学毕业，本市两间大学呢，她是考不上了。送她出去，一则太贵，二则不舍得。留下她呢，又怕她吊儿郎当，不务正业。你看怎么办？"

"总得送她出去。"

"到了外国，不知疯得怎么样。"

"要赌一记的。"

说到曹操，曹操就到。

陶陶开门进来，身边跟着她的男朋友乔其奥。

这男孩子并不丑，你甚至可以说他是英俊的，但我却一直觉得他对陶陶有不良企图。

我顿时沉下面孔，她带他上来干什么？

反而是母亲，迎上前去打招呼。

陶陶连忙介绍："这是我外婆，你没见过。外婆，这是乔其奥·卡斯杜。"

炎黄子孙都死光了，我小囡要同杂种夹在一道，我胸中被一股莫名其妙的气塞住，演绎在面孔上，一双眼睛不肯对这个年轻人正视，只是斜斜瞟着他。

"妈妈，你是见过乔其奥的。"

这小子先看着我母亲说："没想到陶陶的外婆这么年轻，她一直说她有个全世界最年轻的外婆，我也一直有心理准备，不过今日见了面，还是大吃一惊。"

母亲只得接受奉承。

乔其奥又对我说："不，陶陶的母亲更年轻，许多这样年纪的女性还在找男朋友呢！"

陶陶似乎很欣赏乔其奥这张油嘴。

他伸出晒得金棕的手臂，便与我们大力握手。

陶陶推他一下："你同我母亲说呀！"

他驾轻就熟地提出要求："我要与陶陶到菲律宾去。"

我也很坦白直爽，甚至不失为愉快地答："不可以。"

陶陶笑说："是不是？我同你说过。"

我赶紧把陶陶拉在我身边，看牢我的敌人，怕他扑过来。

"伯母。"

"你可以叫我杨小姐，"我说，"左一声伯母，右一声伯母，我什么地方都不用去了。"

他尴尬地解释："我们这次去是应广告公司聘请，一大堆人……"

"不可以，"我说，"陶陶还未满十八岁，她没有护照，我想我们不用再继续讨论这个问题，你应当很高兴我仍让你与陶陶出去看戏跳舞。"

我声音严厉起来，倒像是个老校长。

乔其奥露出讶异的神色来，这小子，没想到我这么古板吧，且毫不掩饰对他的反感。

嘿，他也不是省油的灯，并不敢与我硬拼，立刻退而求其次，打个哈哈，耸耸肩，笑着说："也许等陶陶二十一岁再说。"

我立即说："最好是那样。"

陶陶吐吐舌头，笑向男朋友警告："我早同你说，我母亲有十七世纪的思想。"

做外婆的来打圆场："好了好了，今年不去明年去。"

"但妈妈，我想拍这个广告片。"陶陶不放松。

"什么广告片子？"

乔其奥接下去："黄金可乐的广告。"

我看着陶陶，她面孔上写满渴望，不给她是不行的，总得给她一些好处，这又不准，那又不许，迟早她要跳起来反抗。

我说："你把合同与剧本拿来我瞧过，没问题就准你。"

陶陶欢呼。

我的女儿，长那么大了，怎么可能？眼看她出生，眼看她牙牙学语，挣扎着走路，转眼间这么大了。

小孩子生小孩子，一晃眼，第一个小孩子老了，第二个小孩子也长大成人。

我简直不敢冷眼旁观自己的生命。

这一刹那我觉得凡事争无可争。

"妈妈，我不在家吃饭。"

"明日，明日记得是你外公生日。"

"我也要去吗？"陶陶做一个斗鸡眼。

"要去。"

"送什么礼？"

"我替你办好了。"

陶陶似开水烫脚般拉着乔其奥走了。

女大不中留。

以前仿佛有过这样的一套国语片，母亲带我去看过。

妈妈再坐了一会儿也走了。

我暂时放下母亲与女儿这双重身份，做回我自己。

开了无线电，听一会儿歌，取出记事簿，看看明天有什么要做的，便打算休息。

陶陶没有回来睡。她在外婆处。

午夜梦回，突然而来的絮絮细语使我大吃一惊，听仔细了，原来是唱片骑师在喃喃自语。

我撑着起床关掉无线电，却再也睡不着了。

第二天一早回公司。

所谓公司，不过是借人家写字楼一间房间，借人家一个女孩子替我听听电话。

你别说，这样的一间公司在五年前也曾为我赚过钱，我几乎因而成为女强人。至今日，世道大不如前，我仍然做私人楼装修，即使赚不到什么，也有个寄托。

最近我替一位关太太装修书房，工程进行已有大半年，她老是拿不定主意，等浅绿色墙纸糊上去了，又决定撕下来，淡金色墙脚线一会儿要改木纹，过几日又问我能否接上水龙头，她不要书房，要桑拿浴间啦。

我与她混得出乎意料地好。

关太太根本不需要装修，她的态度似美国人打越战，麻烦中有些事做，挟以自重。

我？我反正是收取费用的。她现在又要我替她把那三米乘三米的书房装成化妆室，插满粉红色鸵鸟毛。

嗳，这行饭有时也不好吃，我也有周期性烦躁的时候，心中暗暗想逼她吃下整只生鸵鸟。

不过大多数时间，我们仍是朋友。

我出外买了礼物，代陶陶选一打名贵手帕给她外公。

五点多，她到我写字楼来接我，我正在与相熟的木匠议论物价飞涨的大问题，此刻入墙衣柜再也不能更贵等等。陶陶带着阳光空气进来，连木匠这样年纪身份的人都为之目眩。

我笑说："这是我女儿。"

"杨小姐，你有这么大的女儿！"他嘴都合不拢。

我心想：何止如此，弄得不好，一下子升为外婆，母亲就成为太外婆。

太外婆！出土文物！这个玩笑不能开。

我连忙说："我们改天再谈吧。"

木匠站起来："那么这几只松木板的货样我先留在这里。"

他告辞。

陶陶在有限的空间里转来转去，转得我头昏。

"杨陶，你给我静一静。"我笑。

"你看看我这份合同。"她十万火急。

我打开来一看是亚伦蔡制作公司，倒先放下一半心。这是间有规模的公司，不会胡来。

我用十分钟把合同细细看过，并无漏洞，且十分公道，酬劳出乎意料地好，便以陶陶家长身份签下名字。

陶陶拥抱我。

我说："不要选暴露泳衣。"

"妈妈，我赚了钱要送礼物给你。"她说。

陶陶都赚钱了，而且还靠美色。我大大地讶异，事情居然发展到这个地步。

"这份工作是乔其奥介绍的。"陶陶说。

我说:"你不提他还好,陶陶,外头有人传说,他专门陪寂寞的中年太太到迪斯科消遣。"

"有人妒忌他,没有的事。"陶陶替他申辩。

"看人要客观点。"

她回我一句:"彼此彼此。"

我气结。

"妈妈,"她顾左右而言他,"看我昨日在外婆家找到什么。"她取出一支钢笔,"古董,叫康克令,是外婆念书时用的。"

"你怎么把外婆的纪念品都掏出来,还给我。"我大吃一惊,"这是叶成秋送她的。"

"叶公公是外婆的男朋友吧?"陶陶嬉笑。

我把笔抢回来:"你别把人叫得七老八十的,你这家伙,有你在真碍事,一个个人的辈分都因你而加级。"

"外婆跟叶公公到底是怎么一回事?"陶陶问。

"他们以前是同学。"

"他们以前一定很相爱,看得出来。"

"你懂什么？"

"但外婆为什么忽然嫁了外公？是因为有了你的缘故？"

"你快变成小十三点了。"

"看，妈妈，有什么话是不能说的呢？我又不是昨日才出生的。"

我叹口气："不是，是因为太外婆不准你外婆同叶公公来往，你叶公公一气之下来香港，外婆只好嫁外公，过一年他们也来香港，但两人际遇不同，叶公公发了财，外公就一蹶不振。"

陶陶听得津津有味："你可是在香港出生？"

"不，我是在上海出生，手抱的时候来到香港。"

"那日乔其奥问我可是上海人，我都不敢肯定。"

我没有回答她这个问题。

"我父亲可是上海人？"陶陶问下去，"什么叫上海人？我们做上海人之前，又是什么人？"

我笑道："我们世世代代住上海，当然是上海人。"

"但以前，上海没有成为大都市之前，又是什么样子？"

"我不是考古学家，来，上你外公家去。"

"咦，又要与大独二刁见面了。"

我呆住："你说啥？"

"他们两兄弟。"

"不，你叫他们什么？"

"《唐伯虎点秋香》里的华文华武呀，不是叫大独二刁？"

我轰然笑起来，不错，陶陶确是上海人，不然哪里懂得这样的典故。我服帖了，她外婆教导有方。

母亲是有点办法的，努力保持她独有的文化，如今连一姐都会讲几句上海方言。

陶陶口中的大独二刁并不在家。

我与父亲单独说了几句话。

父亲的头发梳得一丝不乱，发蜡香气扑鼻，有点刺人，身上穿着国语片中富贵人家男主角最喜欢的织锦短外套，脚上穿皮拖鞋。不止一次，我心中存疑，这些道具从什么地方买来？

这就是我的父亲，在我两岁时便与母亲分手的父亲。

记忆中，幼时我从没坐在他膝头上过。我熟悉叶伯伯比他更多，这也是他气愤的原因。

"爹，"我说，"生日快乐。"

"一会儿吃碗炒面吧，谁会替我庆祝呢，"他发牢骚，

"贫在闹市无人问，五十岁大寿不也这么过了，何况是小生日。"

"爹，要是你喜欢，六十岁大寿我替你好好办一下。"

"我像是活得到六十岁的人吗？"他没好气。

"爹。"我很了解，温和地叫他一声。

他说："还不是只有你来看我。"

"陶陶也来了。"

"我最气就是这个名字，杨陶杨桃，不知是否可以当水果吃。"当然，因为这个名字是叶成秋取的。

我会心微笑。

"过来呀，让外公看看你呀。"父亲说。

陶陶过去坐在他身边，顺手抓一本杂志看。

父亲叹口气："越来越漂亮，同你母亲小时候似一个印子。"

陶陶向我眨眨眼。

这时候父亲的妻子走出来，看到我们照例很客气地倒茶问好，留饭让座，我亦有礼物送给她。

她说："之俊，你真是能干，我那两个有你一半就好了。"

我连忙说："他们能有多大！你看陶陶，还不是有一搭没一搭的。"

她穿着旗袍，料子还新，式样却是旧的，父亲的经济情况真的越来越不像样了。

她说："当年你爹要借钱给你做生意，我还反对，没想到两年不够，连本带利还了来，真能干，不过那笔款也早已填在家用里，身边要攒个钱谈何容易。两个儿子的大学费用，也不知该往哪里筹。"

日子久了，后母与我也有一两句真心话，我们两人的关系非常暧昧，并不如母女，也不像朋友，倒像妯娌，互相防范着，但到底有点感情。

父亲在那边听到她诉苦，发作起来，直叫："大学？有本事考奖学金去！我不是偏心的人，之俊也没进过大学堂，人家至今还在读夜校，六年了，还要考第三张文凭呢！要学，为什么不学之俊？"

我很尴尬，这样当面数我的优点，我真担当不起，只得不出声。

后母立刻站起来："我去弄面。"

我过去按住父亲。

他同我诉苦："就会要钱，回来就是问我要钱。"

我说："小孩子都是这个样子。"

"她也是呀，怕我还捏着什么不拿出来共产，死了叫她吃亏，日日旁敲侧击，好像我明日就要翘辫子似的，其实我也真活得不耐烦了。"

我心想：外表年轻有什么用？父亲的心思足有七十岁，头发染得再黑再亮也不管用。

我赔着笑，一瞥眼看到陶陶瞪着眼抿着嘴一本正经在等她外公继续诉苦，一派伺候好戏上场的样子，幸灾乐祸得很。我朝她咳嗽一声，她见我竖起一条眉毛，吐吐舌头。

父亲说下去："你母亲还好吧？"

"好。"

"自然好，"父亲酸溜溜地说，"她有老达令照顾，几时不好？"

越说越不像话了，父亲就是这点叫人难堪。

他并没有停下来的意思。

"凭叶成秋此刻的能力，她要什么有什么，有财有势好讲话啊，不然她当年那么容易离开我？不过叶成秋这个人呢，走运走到足指头，做塑胶发财，做假发又赚一票，人家搞成衣，他也搭一脚，电子业流行，又有他份，炒地皮，又有人提携他，哼！什么叫红运当头？"

"爹，来，吃寿面。"我拉他起来。

陶陶调皮地笑。

他是这样的不快乐，连带影响到他的家人。

我记得母亲说当年他是个很活泼俏傥的年轻人。祖父在上海租界做纱厂，很有一点钱，他一帆风顺进了大学，天天看电影喝咖啡结交女朋友，早已拥有一台小轿车，活跃在球场校园。

一到香港便变了，母亲说他像换了个人。

他一边把面拨来拨去净挑虾仁来吃，一边还在咕哝："……投机！叶成秋做的不过是投机生意，香港这块地方偏偏就是适合他，在上海他有什么办法？这种人不过是会投机。"

我与陶陶坐到九点半才离开，仁至义尽。

"可怜的外公。"她说。

我完全赞同。

陶陶说下去："他们一家像是上演肥皂剧，不停地冲突，不停地埋怨。"

我说："他忘不了当年在上海的余晖。"

"以前外公家是不是很有钱？"

"当然。连杨家养着的金鱼都是全市闻名的；一缸缸半埋在后园中取其凉意，冬天的时候，缸口用篾竹遮着，以防降霜，雪水落在鱼身上，金鱼会生皮肤病……不知多少人来参观，你外公所会的，不外是这些。"

陶陶问："转了一个地方住，他就不行了？"

我也很感慨："是呀。"

要奋斗，他哪儿行？

但叶成秋是个战士。在上海，他不过是个念夜校的苦学生，什么也轮不到，但香港不一样，父亲这种人的失意沦落，造就了他的成功。父亲带下来的金子炒得一干二净的时候，也就是叶成秋发财的时候，时势造就人，也摧毁人。

陶陶说："我喜欢叶公公多过外公。"

你也不能说陶陶是个势利小人，谁也不爱结交落魄的人，不只苦水多，心也多，一下子怪人瞧不起他，一下子怪人疏远他，弄得亲友站又不是，坐又不是，父亲便是个最佳例子。

"外公现在到底怎么样了？"

"没怎么样，手上据说还有股票。"

连陶陶都说："股票不是不值钱了吗？"

我把车子开往母亲家。

陶陶说："我约了人跳舞。"

她身上本就是一套跳舞装束，最时兴的 T 恤，上面有涂鸦式图案，配大圆裙子。这种裙子，我见母亲穿过，又回来了。

我心微微牵动，穿这种裙子，要梳马尾巴或是烫碎鬈发，单搽嘴唇膏，不要画眼睛……

我温和地说："你去吧，早些回来。"

她说："知道了。"用面孔在我手臂上依偎一下。

我把钢笔还给母亲。

她说是她送给陶陶的。

我说："这是叶成秋送你的纪念品。"

"不，叶送的是支帕克[1]，这支是我自己的。"

"他那时哪儿有钱买帕克钢笔？"我诧异。

"所以，"母亲叹口气，"那么爱我，还不让我嫁他。"

---

[1]　即 Parker，派克。

直至海枯石烂

寂寞的心俱乐部

灯火阑珊处

流金岁月

阑珊

岁月如歌辑

华语世界深具影响力作家　亦舒作品

在幽暗的灯光下，母亲看上去不可置信地年轻，幽怨动人。

也难怪这些年来，叶成秋没有出去找青春貌美的情人。他一直爱她，也只爱过她，自当年直到永远。

她嘲笑自己："都老太婆了，还老提当年事。对，你父亲怎么样？"

"唠叨得很。"

"有没有抱怨广东女人生的儿子？"

"有。"

"当初还不是欢天喜地，自以为杨家有后，此刻看着实在不成材了，又发牢骚。"

"还小，看不出来，也许过两年就好了。"

"男孩子不会读书还有什么用？年年三科不合格。陶陶十五岁都能与洋人交谈，他的宝贝至今连天气报告都听不懂，现眼报，真痛快！"

我惊奇："妈，你口气真像他，这样冤冤相报何时了？他同你早离婚，一点关系都没有了，何苦咒他？"

"你倒是孝顺。"

"妈妈。"

门铃响起来。

我当然知道是什么人。

偏偏母亲还讪讪的："这么晚，谁呢？"

一姐去开门，进来的自然是叶成秋。

我如沐春风地迎上去："叶伯伯，有好几个礼拜没见你。"

"之俊，见到你是这个苦海中唯一的乐趣。"

我哈哈地笑："叶伯伯，恐怕你的乐趣不只这一点点吧。"

"啊，我其他的乐趣，都因这唯一的乐趣而来。"他继续奉承我。

我们相视再笑。

母亲的阴霾一扫而空，斟出白兰地来。

我说："叶伯伯是那种令人觉得一日不见如隔三秋的人，真想念他。"

"之俊越发圆滑了。"

"老了，碰的壁多，自然乖巧，"我趋近去，"看看这里的皱纹。"我指向眼角。

"芬，芬，"叶成秋叫我母亲，"听听谁在同我们比老。"

我们不停地笑。

"咦，这是什么？"他指向我襟前。

"是母亲送给陶陶的古董笔，我别在这里。"

他怪叫起来："是不是我送的那支？"

母亲说："当然不是，真小气，八百多年前送过什么还刻骨铭心。"

"之俊像足你当年。"

我分辩："其实不是，陶陶像她才真。"

母亲说："外人见有一分像就觉像。"

"我还算外人？"

我低头一想，实在不算外人。我第一个皮球是他买的，第一个洋娃娃也是他买的。

他问我："还在读书啊？"

我点点头。

母亲咕哝："有啥好读？六七年还没毕业，不过是什么公司秘书课程。"

我心虚地赔笑。

母亲说："当年供你留英留法你偏偏要谈恋爱，此刻下了班还到处赶课堂，自作孽。"

叶成秋忙来解围："喂，再唠叨就是老太婆了，之俊有志气有恒心是最难得的，别忘记我当年也是沪江大学的夜校生。"

我知道他们都没有毕业，都在一九五〇年前后到香港来。

母亲咕哝："那时我们多吃苦……"

叶成秋似笑非笑地看着她："你吃苦，你吃什么苦？躲在租界里，你知道日本鬼子是什么样子？"

母亲白他一眼："你这个成见总无法磨减，不上演《一江春水向东流》就不成为中国人似的。"

他们很明显地在优雅地打情骂俏。

我站起来告辞。

叶成秋搭讪地说："我送之俊。"

"你再多坐一会儿。"我说。

母亲即时说："不必留他，一起走吧。"

我们只得走了。

叶伯伯在电梯里对我说："你比你母亲成熟。"

他爱她。

爱一个人就是这样，什么都包涵，什么都原谅，老觉得对方可爱、长不大、稚气，什么都是可怜的，总是舍不得。

我深深叹口气，母亲真是不幸中之大幸，叶成秋一直在她身边。

"叶伯母的病怎么样?"我问。

他黯然:"尽人事而已。"

"也拖了很久。"

"这种癌是可以拖的。"他说,"但是拖着等什么呢?"

"等新的医药呀。"

"哼,三年了。一直看着她掉头发、发肿、呕吐。之俊,生命中充满荆棘,我们的烦恼为什么这么多?"

我说:"不然,怎么会有'人生不如意事常八九'这个说法呢?"

"你们年轻人到底好些。"

"叶伯伯,我也不算年轻了。"

"你一直是个特别的孩子,之俊,你的固执和毅力都不似得自你父母。"

我苦笑:"你意思是,我好比一头盲牛。"

他说:"之俊,如果你是我的女儿,我会快活过现在。"

叶成秋的儿子是本市著名的花花公子。

"我也并不成材,你听到我母亲怎么批评我。"

他笑。

　　我最喜欢看到叶成秋笑，充满魅力、成熟、漂亮的笑，一切都可以在笑中解决，没有什么大不了的事。他的肩膀可以担起生活中无限疾苦，多少次我们母女在困境中团团转，他出现来救苦救难。

　　我仰慕这个人，公开地，毫不忌讳地说过一千次，如果要我组织家庭，配偶必须像叶成秋。

　　这个男人是一个奇迹，任何考验难不倒他，长袖善舞，热诚周到，面面俱圆，几乎男人所有的优点他一应皆全，再加上丰富的常识，天文地理他无所不晓，又懂得生活情趣，这是太重要的一环，他早已成为我与陶陶的偶像。

　　当然叶成秋的儿子可以成为花花公子，只要学得他父亲十分之一本事已经足够。

　　"我送你。"他说。

　　司机开着他黑色的丹姆拉 [1] 在等候。

　　真看不出他当年在上海只是一个读夜校的苦学生。

　　母亲说他有好多兄弟姐妹，他父亲是个小职员，住在银行职员宿舍，与母亲是中学同学，是这样爱上的。

---

[1]　即 Daimler，房车。

母亲为了他，连家中的汽车与三轮车都不坐了，甘心乘电车。

他是文艺小说中标准的穷小子，即使毕业找到工作，待遇菲薄，又得照顾弟妹，没有什么出息。

做他妻子前路黑暗，外婆努力拆散了他们。

我要是外婆，我也这么做，我也不允许陶陶跟这么一个贫穷的年轻人去吃苦。

谁晓得时局会大变？

我抬起头说："我自己开车得啦。"

"要不要去喝杯咖啡？"他问，"时间还早。"

我笑："真可惜本市没有一间凯诗令。"

"你想去凯诗令？"

"我哪里有资格上凯诗令，那是令郎追女仔的地方。"

"现在你大了，不比以前那么豁达，怕闲话是不是？"

我答："免得人家说杨家三代的女人都同叶某有来往。"

他讶异地说："有谁那么多嘴？"

我忍不住笑："我父亲。"

他不悦："杨元章一张嘴像老太婆。"

"你们三个人真可爱，"我说，"争风喝醋三十载。"

"之俊，再过几年，你会发觉，三十年并不是那么难过，一晃眼，岁月悠悠过去，好几度午夜梦回，我蓦然自床上跃起，同自己说：什么，我五十三岁了？怎么会？我什么也没做，已经半百？生命是一个骗局。"他笑。

话中的辛酸并不是笑容可以遮盖。

叶成秋唯一的诉苦对象可能是我。

我打开车门。

"生意好吗？"叶成秋问。

"没关系，有苦经的时候，我会来找你。"我笑。

"你要记得来。"

每次不待我们开口，他已经照顾有加。

真正帮人的人，是这样的，至亲好友有什么需要，暗中留神，不待人家厚着面皮开口，立即自动做到。

不是太难的事，一个人有多少至亲好友，应该是数得出的。

还有次一等的，便是待人开口，他才动手帮忙，借口是：我怎么知道他会不会多心嫌弃？

最下等的人，倒不是有能力不肯帮人的人，而是一直认为人家非得帮他的人。

无论从哪一个角度看，叶成秋都是上等人。

回到家已经很晚。

陶陶熟睡，穿着铁皮似的牛仔裤。真服了她，明明去跳舞，忽地换了衣服，也许这是她的睡衣。

第二天一早，她上学去了。

我出奇地疲倦，在床沿坐了很久才洗脸。

每天用毛巾擦脸的时候就有无限厌倦，这张老脸啊，去日苦多。

也许没有陶陶就不觉得那么老，看着陶陶在过去十七年里每年长高九厘米，真令我老。

有那么大一个女儿真是躲都没法躲的，我还敢穿海军装不成？

陶陶不在的时候，我特别空虚。

回到公司，女孩子同我说，关太太找我多次，十万分火急；关太太很生气，说：为什么杨小姐身边不带一只传呼机？

找一口饭吃不容易。

什么叫十万分火急，我又不只她一个户头，不一定能够即刻拨时间给她。

不过近年来我也想开了，无论多么小的生意，也很巴结地来做，表示极之在乎。

我复电给她，她却在睡中午觉。我答应"在上肇辉台时再顺带到你处看一看"。

到她那里她倒面色和蔼，她只不过是寂寞，要人关心她。碰巧我也寂寞，不是损失。

好消息，关太太的浴室要装修。这使我有痛快的感觉，可以把人家的家弄成防空洞一样也只有这个机会：瓷砖整副扯下来，瓷盆敲脱，浴缸往往要拆掉一面墙壁抬出去扔掉，换去生锈的水喉管，使之焕然一新。

也有烦恼，怕主人家要新铺金色瓷砖，及在天花板镶镜子。

关太太说："我要金色水龙头，以及意大利手工彩描洗脸盆。"

"花哨的洗手盆最不好。"

"为什么？"

"隐形眼镜掉了怎么办？"

"我可以预早配定十副。"

这倒是真的，我怎么没有想到。

"天花板与一面空墙全铺镜子。"

关太太的身材一定很好，平日穿着宽袍大袖的流行款式，也不大看得出来。

我不与她争论，与客人吵有啥好处？在初开业的时候我已经领略过这种滋味。

"把镜子斜斜地镶在墙壁上，看上去人会修长些。"

哗，怎么叫泥水匠做一面斜墙？

我暗暗叫苦。

"书房呢？书房怎么办？"我问。

"让它去吧。"

"可是电线还没有拉好。"

"不要去理它！"关太太懊恼地说，"我当作屋里没这间房间。"

"让我帮你完工如何？等你有了明确的主意，再拆掉重装吧？"

"真的，杨小姐，真的可以？"

"当然，交在我手中。"

"好的，哦，对了，这是你第三期的费用。"

我道谢。

她歉意地问："做住宅装修，很烦吧？"良心忽然发现。

不比做人更烦。

"我自己比较喜欢设计写字楼，但为你关太太服务是不一样的。"

她很满意。

关太太是个美丽的女人，年纪比我小几岁，一身好皮肤，白皙得似外国人，是以从来不肯晒太阳或坐船出海。一年四季皮肤如雪，故此特别喜欢穿黑色衣裳。

当下有人按铃，女佣去开门，进来一个三十岁左右的男人。

关太太替我介绍："我先生。"

我称呼一声"关先生"，他却一呆。

没事我先告辞。

我从没见过关先生，不知怎么，觉得面热。

下午我就叫大队去动工，带样板去给关太太挑。

他们同我通电话，说有关先生在，关太太比平时和睦得多。

这倒好。

傍晚我去看工程，关太太外出，用人招呼我。

这间屋子由我一手包办，间隔方面，我比主人家熟。

好好的一层公寓，假使装成全白，不知多舒适，偏偏要浅红搭枣红，水晶灯假地台，缎子窗帘上处处绲条边，连露台上遮太阳的帆布篷都不放过，弄得非鹿非马，什么法国宫廷式。

又去摩罗街搜刮假古董，瓶瓶罐罐堆满一屋，但凡蓝白二色的充明瓷，门彩便算乾隆御鉴之宝，瞎七搭八，不过用来配沙发垫子及墙纸花纹，真要命。

不知怎么，本市的屋子收拾得再好，也永远不像有人住的地方，是以我自己的地方乱得惊人，卖花的老娘干脆插竹叶，受够了。

我看着洗脸盆摇头叹气，装白色好多呢，配一列玻璃砖，我知道有个地方可以买到有四只脚的老式白浴缸。几时等我自己发了财可以如愿以偿。

我身后有个声音传来："看得出你最喜欢的颜色是白。"

我转头："关先生。"

他还没走。

"我不姓关。"他笑。

我扬扬眉毛。

"她要自称关太太，逼得我做关先生。"

我不大明白，只得客气地笑。

"她出来见人时用关太太这艺名。""关"先生解释。

什么？艺名？即使做戏，也断然不会姓关名太太。

我茫然。

"关"先生笑了。

"我叫罗伦斯[1]。"

我只得说："你好。"

"你姓杨，叫之俊？"

"是的。"我点点头，不想与他攀谈下去。

他是个很英俊的男人，年轻，好打扮，左颊有一深深
酒窝，带来二分脂粉气，但不讨厌，身上配件齐全而考究，
是有家底而出来玩的那种人。

"你是室内装修师？"

"称呼得好听点，可以这么说。"

"啊，还有什么其他叫法？"他仿佛成心要同我打交道。

我勉强地赔笑，侧侧身走回客厅。

---

[1] 即劳伦斯。

他跟出来。

我吩咐工人收工，打算离去了。

"这间屋子若是全油成白色，你说有多好。"他忽然说。

我为这句话动容。

显然他是出钱的幕后人，关太太是他的情人，他倒是不介意装修不如他意。

我这次笑得比较自然，仍无所置评。

"天气这么热，喝杯西瓜汁再走如何？"

真够诱惑。

但我摇摇头："我们收工了。"

我明天要忙着替女主人去找18K水龙头，说不定她还要配榭古茜喷嘴浴缸。

"关"先生说得很对。

天气这么热，地面晒了一日，热气蒸上来，眼睛都睁不开，眯着眼，显得眼袋特别大，皱纹特别深，却有世纪末风情——是，没有什么能够使我发笑，我就是这么厌世，如何？有点像梅莲娜·麦高莉。

热得使人心神恍惚。

快放暑假了。

那时约了小同学在校园树影下等，一起看工余场去……菠萝刨冰，南国电影，真正好。

我把着驾驶盘，交通灯转了绿色还不知道。

后面一辆平治[1]叭叭响，若不是冷气轿车不肯开窗，司机一定会大喝一声"女人开车"！

女人。下辈子如有选择，我还做女人不做？

做得成叶成秋当然好，做蹩脚男人还不如做回自己，我莫名其妙地对自己笑了起来，倒后镜中看到自己面孔上的 T 部位油汪汪的，老了，毛孔不争气地扩张，瞒得过人，瞒不过自己。

就这样慌慌张张地回到家。

在夏天，不浑身洗刷过是不得安静的，淋浴许是我做人的唯一乐趣。

我有许多"唯一"乐趣：与陶陶斗气，与母亲聊天，看电视长篇剧，与叶成秋吃茶，买到合心意的首饰、皮鞋、手袋，顾客开支票给我的时候……

我希望我会有大一点的喜乐，后来想到这些也是要用

---

[1] 即奔驰。

精力来换取的，就比较不那么渴望了。

因为我是做室内装修的，故此老想起萨冈的一篇小说《你喜欢勃拉姆斯吗》。那个年轻貌美而富有的男孩子在雨中等待他的中年情人自店铺出来，雨淋湿他的外套，两人相视无言，男孩子瞥到街招筒上演奏会的广告，痴痴地问："你喜欢勃拉姆斯吗？"

尽在不言中。

我也渴望能碰到一个这样的有情人。

尴尬的是，恋爱过后又怎么办？结婚？嫁一个小若干岁数的丈夫是需要很大的勇气的，婚后开门七件事跟着而来，神仙眷属也不得不面对现实，变得伦俗起来。最可怕的是养儿育女，孩子一出生，那小小的身躯，响亮的哭声，能把最洒脱的男女打回平凡的原形，这便是恋爱的后果。

所以书中的女主角苍白而美丽地叫他走，她不能爱他。

聪明的选择。

胭脂

贰.

好好好。

这仿佛是我唯一的词汇。

好好好。

我站在镜子前，戏剧化地说台词："走，你走吧。"双手抱着胸，皱着眉头，做痛苦状。

我并没有闲着，一边取出面膜敷上。

油性部分用浅蓝色，干性部分用粉红色，什么地方有雀斑与疱疱，则点上咖啡色，一晃眼看，面孔似政府宣传清洁城市招贴中的垃圾虫。

我很吃惊。

有情人的女人大抵不可如此放肆，所以一个人有一个人的好处。

别看我女儿都十七岁了，其实我没有与男人共同生活的经验，也不敢大胆投入二人世界。

累了，我躺在沙发上睡着。

我"唯一"的享受是这一部两匹半的分体式冷气机，每小时耗电五元港币。

我半睡半醒地享受着物质的文明，发誓终其一生都不要踏入丝路半步，正在这个当儿，电话铃响起来，我下意识地取过听筒。

那边说："我是罗伦斯。"

是 DH 罗伦斯还是 TE 罗伦斯？

我含糊说："你打错了。"挂上听筒。

转个身再睡，脸上七彩的化妆品怕要全部印到垫子上，管他呢。电话又响。

我呻吟，又不敢不听，怕是哪个客户找我。

我说："找谁？"

"我是罗伦斯。"

"先生，我不认得罗伦斯。"

"我认得你的声音，你是杨之俊。"

我改变语气："阁下是谁？"

"如果我说我是'关先生'，你会记得吗？"

"哦，关先生，你好，怎么，"我醒了一半，"关太太有什么特别要求？"

他且不回答："你在午睡？"

"是的。"

"啊，真知道享受。"

"关太太有什么事要找我呢？"

"不是她，是我。"

"你有工作给我？"我明知故问。

"当然也可以有。"

"那么待彼时我们再联络吧。"

"我现在要赴一个约会，再见，关先生，多谢关照。"
我再度挂上电话。

吊膀子来了。

连姓甚名谁都不肯说，就来搭讪。

这个男人好面熟，不知在什么地方见过。

电话铃再响。

电话发明之前，人们怎么过活的？

是母亲。

"今夜我去打牌，你帮我忙把那个长篇剧录下来。"此
牌不同彼牌，母亲一直玩桥牌。

"你该买架录影机。"

"行将就木，生不带来，死不带去，啰啰唆唆购置那么多东西干什么？"

她又来了，一点点小事便引来一堆牢骚。

"好好好，"我说，"好好好。"

她挂电话。

好好好。这仿佛是我唯一的词汇。好好好。

陶陶又打电话来。

"明天是乔其奥生日，我们在迪斯科开派对，妈妈，乔其奥问你要不要来。"

"我不要来，"我光火，"多谢他关照我。"

"妈妈，你应当出来走走吧。"

"不要教我怎么做，我要是真出来，你才吃不消兜着走，难道你希望有一个穿低胸衣裳在迪斯科醉酒勾搭男人的母亲？"

她说："不会的，你控制得太好。"

我沉默，如果真控制得好，也不会生下陶陶。

"妈妈，鞋店减价，你同我看看有没有平底凉鞋，要白色圆头没有装饰那种。"

"好好好。"

"妈妈，我爱你。"

"我也爱你，几时暑假？"我的爱较她的爱复杂。

"考完这两天，就不必上课。"

"你打算住到哪里去？"

"妈妈，我不是小孩子了。到时再说。"

"喂，喂。"

陶陶已经挂掉电话，免得听我借题发挥。

该夜索然无味，吃罢三明治匆匆上床。

第二天早上腹如雷鸣，径往酒店咖啡室吃早餐。

三杯浓茶落肚，魂归原位。

我结账往洁具专家处看洗面盆。

他把目录给我看。

"妙极了，"我说，"这只黑底描金七彩面盆是我理想的，配黑色镶金边的毛巾，哗，加上黑如锅底的面孔，像费里尼电影中的一幕。"

老板大惑不解："有黑色的毛巾吗？"

"有，怎么没有，只要有钱，在本市，连长胡髭的老娘都买得到。"

老板忽然听到如此传神而鄙俗的形容，不禁呆在那里。

我活泼地向他眨眨眼。

他说："我替你订一副来吧。"

"要订？没有现货？"我大吃一惊。

"杨小姐，价值数万的洗脸盆，你叫我搁哪儿？"

"要多久？"

"两个月。"

"要命，我已把人家的旧盆拆下来了。"

"你看你，入行那么久，还那么冒失。"

"你替我找一找，一定有现货。"我急起来。

他摇头："我独家代理，我怎么会不知道？"

"你去同我看看，有什么大富人家要移民，或许可以接收二手货。"

老板笑："杨小姐，大富人家，怎会此刻移民？人家护照早已在手。"

真的，只有中小户人家，才会惶惶然临时抱佛脚。

"那我的顾主如何洗脸？"我瞪目问。

他打趣我："由你捧着面盆跪在地上伺候她洗。"这老板大抵看过《红楼梦》，知道排场。

我叹口气："也已经差不多了。"

他见我焦头烂额，便说："我尽力替你看看吧。"

"一小时内给我答复。"

"小姐，我还有别的事在身上。"

"我这一件是最要紧的，明天上午十点我还要考试，你不想我不及格吧？我一紧张便失水准。"我希望拿同情分。

他们都知道这些年来我还在读书。

"今次考什么？"

"商业法律。"

"真有你的，好，我尽量替你做。"

我施施然走了，出发到两个地盘去看工程。中饭与油漆匠一起吃，与他干了一瓶啤酒。

下午赶回家，匆匆翻一轮笔记。

叶成秋打电话来祝我考试顺利。

陶陶刚考完历史，她说："我想可以及格，妈妈，祝你成绩理想。"

"我？"我都不知这些年来我是怎么考的这些试。

永恒的考试梦，卷子发下来，根本看不懂，一堆堆的希腊文与拉丁文，别人埋头书写沙沙响，我在那里默默流泪……

"妈妈？"

"是，我在。"我回到现实来，"我都背熟了的，应该没问题。"

"祝你幸运。"

"谢谢你。"

四点钟，洁具代理商来电，说瓷盆没有现货，他尽了力帮我。

那我怎么办？

他叫我立刻让师傅帮我将旧盆装上去。

我说我索性关门不做还好点。

我根本不是斗士，一有什么风吹草动，头一件想到的事便是不干，弃甲而逃。

怎么对付关太太？我捧住头。

电话又响，我不敢听，会不会就是关太太？

那边很幽默愉快地说："我是关先生。"

"有什么事？"我没好气，这个吃饱饭没事做的人。

"我也不旁敲侧击了，杨小姐，出来吃顿饭如何？"

"这是没有可能的事。"

"杨小姐，凡事不要说得这么坚决，说不定哪一天你有事找我，到时你可能会倒转头请我吃饭。"

我恼极而笑："是吗，如果你手头上有意大利费兰帝搪瓷厂出品的彩色手绘、名为'费奥莉'的瓷盆连 18K 镀金水龙头一套，我马上出来陪你吃饭坐台子，并且穿我最好的透空丝绒长旗袍及高跟鞋！"

他呆在电话那一头。

我自觉胜利了："如何？"

"你怎么知道我有一套这样的瓷盆？"

"什么？"我惊问，"你有什么？"

"我有一套你所形容的瓷盆，昨天才从翡冷翠运到。"

我忽然之间明白了，关太太就是知道他家中有这样的瓷盆，所以才磨着叫我也替她弄一个一模一样的浴室，这是果，不是因。

我服了。

"杨小姐，你说话算不算数？我一小时后开车来接你，吃完饭，你明天可以叫人来抬这套洁具。如果你肯一连三晚出来，我还有配对的浴缸与水厕。"

我觉得事情太荒谬滑稽了，轰然大笑起来。

"关"先生说："我们有缘分，你没发觉吗？"

"不，"我说，"我没有发觉。"

"我可以把整个浴间送给你，真的，只要你肯出来。"

"我要看过货物。"我叹口气。

"当然，就约在舍下如何？我立刻来接你，你爱吃中菜还是西菜？我厨子的手艺还不错。"

怎么搞的？怎么一下子我会决定穿起丝绒晚装登堂入室送上门去？

"好的。"我想或许是值得的。

试试也好，没有第二条路可走了。

他欢呼一声："好得不得了。一会儿见。"

这是不可把话说满的最明显例子之一。幸亏我没答应会裸体去陪他跳舞。

我刷松头发，穿上我唯一的长旗袍。发疯了，也罢也罢，索性黥出去玩一个晚上。

门铃响的时候，我故意扭着腰身前去开门。

这个罗伦斯穿着礼服站在门外，手中持一大扎兰花。

他见到我立刻摆出一个驾轻就熟的惊艳表情。

我讪笑他。

他居然脸红。

他实在不算是个讨厌的人，我应该消除对他的成见。

出门之前我说："这事不可以叫你太太知道，否则瓷盆也不要了，我的工也丢了。"

"她不是我太太，"关先生说，"她也不姓关，她真名叫孙灵芝。"

"哦。"我想起来。

是十年前的檀香山皇后。

"那你姓什么？"

"我没说吗？抱歉抱歉，我姓叶。"

叶？这下子我不得不承认杨家的女人与姓叶的男人有点缘分，我沉默。

他的家非常漂亮，豪华得不像话，并不带纨绔之意，只有行内人如我，才会知道这座公寓内花了多少心血。

"我一个人住。"

"好地方。"

我们并不是一对一，起码有三个以上的用人在屋内穿插。

他很滑头地说："要看东西呢，就得进房来。"

我只得大方地跟进去。

他并没有吹牛，套房里堆着我所要的东西。

整间睡房是黑色的，面积宽阔，连接着同色系的书房，因为装修得好，只觉大方，不觉诡异。

我叹为观止："谁的手笔？了不起。"

"真的？你喜欢？"

"是哪位师兄的杰作？"

"我。"

我笑，不相信。

"真是我自己。不信你可以问华之杰公司，家具是他们的。"

大水冲到龙王庙，华之杰正是叶成秋开的出入口行，写字楼全部由我装修。

"我会问。"

"真金不怕红炉火。"他耸耸肩。

他服侍我坐下，我们俩相对吃晚餐。

"你这件衣服真不错。"他称赞我。

"谢谢。"我说。

他倒是真会讨女人欢喜，算是看家的本领。

"今天晚上无限荣幸。"

"谢谢。"

"之俊，我想，或许我们可以做一做朋友？"

我摇摇头。

"你有男朋友？"

我摇头。

"情人？"

我再摇头。

"丈夫？"他不可置信。

"没有。"

"你生命中此刻没有男人？"

我继续摇头。

"我有什么不好？"

他不是不好，他只是没有我所要的素质。

"你担心孙灵芝是不是？不要紧，这种关系可以马上结束。"

我笑了，叫我代替关太太做他的爱人？

我又摇头。

"我们改天再谈这个细节吧。"

我看看表："我要回家休息了，我明天一早要考试。"

"考试！"他惊异，"你还在读书？读什么书？"

"改天再告诉你，太多人问我这个问题，我已做有图表说明，可以影印一份给你。"我笑。

"今天晚上，你已经很破例了吧？"他很聪明。

"我极少出来玩。"

"别辜负这件漂亮的衣裳，我们跳支舞，舞罢我立刻送你回去。"

他开了音响。

是我喜欢的怨曲，正是跳慢舞的好音乐，在这种环境底下，真是一舞泯恩仇。

我与他翩翩起舞，他是一个高手，轻轻带动我，而我是一个好拍档，他示意我往哪里去，我便转向哪儿，我太写意，竟不愿停下来，一支一支地与他跳下去。

他的跳舞是纯跳舞，丝毫没有猥琐的动作，我满意得不得了。

最后是他建议要送我回家的。

道别的时候我说："多谢你给我一个愉快的晚上。"

"像你这样标致的女郎，应当多出来走动。"

我回赞他："不一定每次都找到像你这般的男伴。"

"我早说我们应当做朋友了。"

我但笑不语。我没有吃下豹子胆。

入睡前我还哼着歌曲。

第二天考试毫无困难，举三次手问要纸，题目难不倒我。旁边位置的考生咬破了铅笔头，我心头哈哈狂笑，像做上武林盟主的奸角。很多人不明白我为何念夜校也可以念上六七年，恒久忍耐，不由人不佩服我的意志力向上心，其实，其实不过因为我在试场中有无限胜利感，可以抵偿日常生活中专为关太太找金色厕所瓷砖带来的折辱。

我交上试卷，松一口气，再考两次，本学期大功告成。

我收好纸笔，赶往关太太家里。

工人已去关先生处，不，罗伦斯处取来瓷盆。

关太太看到，感动得眼睛都红了，握紧双手："这正是我所要的，十足是我想要的，杨小姐，我真感激。"

还有什么比心想事成更痛快呢？

于是，我放心地去干其他的工作。

傍晚我回家温习，陶陶带着母亲上来。

她的广告片已经开拍，领了酬劳，买一只晚装发夹送给我，累累坠坠，非常女性化。

母亲说好看，我便转送予她。

夹在她们当中，我永远是最受委屈的。

母亲看我替她录下的电视长剧，一边发表意见："男人，男人都是最最没有良心的，你瞧，两个老婆，没事人一般……"

陶陶说："外婆，不要太紧张，做戏而已。"

"现实生活还要糟糕！"

我自笔记中抬头，这倒是真的，她一直没与父亲正式离婚，亦不能正式再婚。

陶陶说："都是女人不好，没男人就像活不下去似的。"

我忍不住："你呢，不见罗伦斯可以吗？"

陶陶莫名其妙："什么？我几时认识个罗伦斯？什么地方跑出来一个罗伦斯？"

我涨红面孔，这些人都没有中文名字，真该死。

"是乔其奥！"陶陶说，"你怎么记不住他的名字。"

"还不是一样。"我说。

"我不放过你。"她说，"妈妈，你怎么可以忘记他的名字。"

我解嘲地笑。

"后天考什么？"母亲问我。

"会计。"

陶陶吐吐舌头。

"你那广告片要拍几天？"我问。

"两个星期。"

"要这么久？"这是意外，我原本以为三天可以拍妥。

"制作很严谨的。"陶陶一本正经地说。

"啊。"我做恍然大悟状。

今日，我整晚得罪陶陶。

她去过沙滩，膀子与双腿都晒成蔷薇色，鼻子与额角红彤彤，健康明媚。真不能想象，我自己曾经一度，也这么年轻过。

我拉着她的手臂不放，一下一下地摸着，皮肤光滑结实，凉凉的，触觉上很舒服。

母亲在一边嘀咕腰骨痛，曾经一度，她也似陶陶这么年轻。时间同我们开起玩笑来，有什么话好说。

陶陶低声说："外婆老埋怨这样那样，其实五十多岁像她，换了我都心足了。"

我白她一眼："你以为五十岁很老？告诉你，并不如由此地到冥王星去那般遥远，一晃眼就到了。"

陶陶不敢出声。陶陶一定在想：连妈妈也老，开始为五十岁铺路找借口。

我把笔记有一页没一页地翻着。

陶陶把饭菜捧出来，说着"又是这个汤，咦，又是那个菜""钟点女佣越发不像话了"等等，"一姐干吗休假"之类。

一副天伦之乐。

我叹口气放下簿子，没有男人的家庭能这么安乐算是少有的了。

母亲关掉电视，悻悻道："完全不合情理。"

我说："叫你别去看它。"

"有什么道理？那女主角忽而乱轧姘头，忽而抱牢丈夫双腿不放，有什么道理，不通。"

我把筷子摆好。

"这个世界越来越粗糙，"母亲说，"连碧螺春都买不到。"

陶陶讶异地问："为什么不用立顿茶包？顶香。"

我说："你懂什么。"

"至少我懂得碧螺春是一种带毛的茶叶，以前土名叫'吓杀人香'。"

"咦，"母亲问，"你怎么晓得？"

"儿童乐园说的：采茶女把嫩叶放在怀中，热气一熏，茶叶蒸出来，闻了便晕，所以吓杀人香。"

我说："以前你还肯阅读，现在你看些什么？"

"前一阵子床头有一本《慈禧传》。"母亲说。

"那是五年前的事了。"我瞪着陶陶，"就知道跳舞。"

"跳舞有趣嘛！"陶陶不服气。

是的，跳舞是有趣，也许不应板着面孔教训她，我自己何尝不是跳舞来。

"而且我有看《读者文摘》及《新闻周刊》。"

"是吗，那两伊战争到底是怎么一回事？说来听听。"

"妈妈怎么老不放过我！"她急了。

"暑假你同我看熟《宋词一百首》，我有奖。"

妈妈冷笑："之俊你真糊涂了，你以为她十二岁？看熟《水浒传》奖洋娃娃，看熟《封神榜》又奖糖果，她今年毕业了，况且又会赚钱，还稀罕你那鸡毛蒜皮？"

我闻言怔住。

一口饭嚼许久也吞不下肚。

陶陶乖巧地笑说："妈妈还有许多好东西，奖别的也一样。"

她外婆笑问陶陶："你又看中什么？"

"外婆，我看中你那两只水晶香水瓶。"

"给你做嫁妆。"

"我十年也不嫁人，要给现在给。"

"那是外婆的纪念品，陶陶，你识相点。"

"你妈今天立意跟你过不去，你当心点。"

陶陶索然无味："那我出去玩。"

她又要找乔其奥去了。

我问："为什么天天要往外跑？"

母亲笑："脚痒，从十七岁到二十七岁这一段日子，人的脚会痒，不是她的错。"

陶陶露着"知我者外婆也"的神色开门走了。

是不是我逼着她往外跑？家里没有温暖，她得不到母亲的谅解，因此要急急在异性身上寻找寄托。

我用手掩着面孔，做人女儿难，做人母亲也难。

"之俊，你又多心想什么？"母亲说，"最近这几年，我看你精神紧张得不得了。"

"是的，像网球拍子上的牛筋。"

"松一松吧，或许你应该找一个人。"

我不响。

"你生活这样枯燥，会提早更年期。"

我问："叫我到什么地方去找？以前看到女同事夜夜出去约会，穿戴整齐去点缀别人的派对，就纳罕不已，深觉她们笨，后来才懂得原来她们是出去找对象，但是我做不到。"

"那你现在尽对牢些木匠泥水匠也不是办法。"

"我无所适从。"

"你才三十多岁，几时挨得到七老八十？不一定是要潘金莲才急需异性朋友，这是正常的需要。"

陶陶说得真对，母亲真的开通。

我用手撑着头。

"老是学这个学那个干什么？"母亲说。

母亲说："你打算读夜校读到博士？我最怕心灵空虚的女人药石乱投什么都学，本来学习是好的，但是这股歪风越吹越劲，我看了觉得大大地不妥。"

我抬起头："然则你叫我晚上做什么？"

"我也托过你叶伯伯，看有什么适合的人。"

我说："妈，这就不必了，益发显得我似月下货。"

"所以呀，不结婚不生孩子最好，永远是冰清玉洁的小姐，永远有资格从头再来。"

"我是豁达的，我并没有非分之想。"

"叶成秋都说他不认识什么好人，连他自己的儿子都不像话，每年换一个情妇，不肯结婚，就爱玩。"

我说："我得认命。"

"言之过早，"母亲冷笑，"我都没认命呢，我都五十岁了，还想去做健康运动把小腹收一收呢。"

我把笔记翻来覆去地折腾，纸张都快变霉菜了。

"读完今年你休息吧。"

我不出声。

"公司生意不好就关了门去旅行，有什么大不了的事情？压力不过是你自己搁自己头上的，打日本鬼子的时候咱们还不是得照样过日子？"

我一句话都说不出来。

"你父亲带着我走的时候，我也只有十九岁，手抱着你，来到这个南蛮之地，一句话听不懂，广东人之凶之偏，嘿，没经历过你不知道，还不是挨下来，有苦找谁诉去？举目无亲。

"你爹夜夜笙歌，多少金子美钞也不够，才两年就露了底，怎么办？分手呀，我不能把你外公的钱也贴下无底洞，这还不算，还天天回来同我吵。

"最惨是你外公去世，我是隔了三个月才知道的，那一回我想我是真受够了。但天无绝人之路，又与叶成秋重逢。所以你怕什么？柳暗花明又一村，前面一定有好去处。"

我握紧母亲的手，这个世界上，什么都不重要，我们这三个女人必须互爱互助。

"我回去了。"妈妈说。

"我送你。"我站起来。

"不用，我叫了你叶伯伯来接我。"

我说："看样子，叶太太是不行的了。"

母亲不响。

我自顾自说下去："也许情况会得急转直下。"

"如何直下？你以为他会向我求婚？"没想到母亲会问得这么直。

我嗫嚅地低下头。

"他看上去比时下的小生明星还年轻，要再娶，恐怕连你这样年纪的人都嫌老，他叶某放个声气出来，要什么样的填房没有？到时恐怕连旧情都维系不住。"

我连忙说："朋友是不一样的，叶成秋不是这样的人。"

"女人最怕男伴从前的朋友，怕你们老提着从前的人，从前的事，非得想办法来隔绝了你们不可，除非你懂得做人，以她为主，我可做不到，办不到。"

这话里有许多感慨，有许多醋意，我不敢多言。

"我送你下楼。"我说。

叶成秋站在车子外。

现在肯等女人下楼来的，也只有叶成秋这样的男人。

他说："我最初认识你母亲的时候，之俊，她就跟你一样。"

我温和地说："其实不是，叶伯伯，那时候母亲应与陶陶差不多大。"

"但陶陶还是个孩子。"

"她们这一代特别小样。"

"会不会是因为你特别成熟？"他笑问。

"不，我不行。"我把手乱摇。

叶成秋说："之俊，你有很大的自卑感。"

"我不应该有吗？我有什么可以自骄？"

叶成秋笑："总之不应自卑。"

今夜不知怎的，我的眼泪就在眼眶中打滚，稍不当心用力一挤就会掉下来。

最受不了有人关注垂询。

受伤的野兽找个隐蔽处用舌头舔伤口，过一阵子也就挨过去了，倘有个真心人来殷勤关注，硬是要看你有救没救，心一酸一软，若一口真气提不上来，真的就此息劳归主也是有的。

他上车载了母亲走。

在电梯中，我觉得有一撮灰掉在眼中，还是滚下一串眼泪，炙热地烫着冰冻的面颊。

真肉麻，太过自爱的人叫人吃不消，女儿已随时可以嫁人，还有什么资格纵容自己，为小事落泪。

我温习至凌晨不寐，天露出鱼肚白时淋浴出门吃早餐去。

考完试步出考场，大太阳令我睁不开双目，睡眠不足的我恍惚要随吸血伯爵而去。

"之俊！"

我用手遮住额角看出去。看到罗伦斯给我一个大笑容。他坐在一辆豪华跑车里。

"唉，"他笑着下车，"之俊，原来你是杨之俊。"

我坐上他的车，冷气使我头脑清醒，簇新的真皮沙发发出一阵清香。

"是，我是杨之俊。你不是一早就晓得？"

"之俊，我是叶世球啊。"

这名字好熟，他面孔根本就熟。

"唉，我是叶成秋的儿子。"他笑。

轮到我张大嘴，啊，怪不得，原来此花花公子即是彼花花公子。

"之俊，"他好不兴奋，"原来我们是世交，所以，有缘分的人怎么都避不过的，我总有法子见到你。"

我也觉得高兴，因对叶成秋实在太有好感，爱屋及乌，但凡与他沾上边的人，都一并喜欢。

怪不得老觉得他面熟，他的一双眼睛，活泼精神，一如他父亲。

"你是怎么发觉的？"我问。

他略为不好意思："我派人去查你了。"

我白他一眼。

就是这样，连同喝咖啡的普通朋友也要乱查。他大概什么都知道了。

"我们现在可以做朋友吧？"

"朋友没有世袭的，叶公子，我同令尊相熟，不一定要同你也熟。"

"咄！我信你才怪，女人都是这样子。"

"你说你叫什么名字？"

"叶世球。"

广东人喜欢把"球"字及"波"字嵌在名字中，取其圆滑之意。正如上海人那时最爱把孩子叫之什么之什么，之龙之杰之俊之类。

"世球，我们要到什么地方去？"

"你现在想做什么？"

我不假思索："睡觉。"

他立刻把握这个机会，做一个害羞之状："之俊，这……我们认识才数天，这不大好吧，人们会怎么说呢？"

我先是一呆，随即笑得眼泪都流出来。

这个人，我开始明白为什么他会吸引到女人，不一定是为他的经济情形。

父亲不会明白，父亲老以为母亲同叶伯伯在一起是为他的钱。

"说真的，到什么地方去？"他问。

"带我去喝咖啡。"

"我同你去华之杰，那里顶楼的大班咖啡室比本市任何一家都精彩。"

"我去过，我们换个地方。"

他讶异地说："爹说你长大后一直与他维持客气的距离，看来竟是真的了。"

"你与叶伯伯说起我？"

"是，他说你有一个孩子。"

我点点头。

"她已有十七岁？"叶世球很惊奇，找我求证。

"快十八岁。"

"这么大？我不相信，之俊，你有几岁？"

"问起最隐私的事来了。"我微笑。

"不可能？你几岁生下她？十五？十六？未成年妈妈？"

我仍然微笑，并不觉得他唐突，他声音中的热情与焦虑都是真实的，我听得出来。

"世球，你三个问题便问尽了我一生的故事。"

"可不可以告诉我？"

"不可以。"

"之俊，不要吊我瘾。"他恳求。

"这是什么话！"我生气。

"我去求我父亲说。"

"他也不知道。"

"你真有个孩子十八岁了？"

"真的。"我说。

他摇摇头嘘出一口气，心不在焉地开着车。

这个花花公子对我发生了莫大的兴趣。

"这么年轻带着孩子生活，很辛苦是不是？"

我侧过面孔，顾左右而言他，我早说过我最怕人同情我。

我说："关太太开心得很，为这件事我真得谢谢你。"

"之俊，你一个人是怎么支撑下来的？"

"我做人第一次这么鬼祟似的，不敢看关太太的眼睛。"

"之俊，你真了不起，父亲说你一直自力更生，现在更做起老板来，听说你念夜校也是真的。"

"要是关太太发觉我们一道喝咖啡，你猜她会采取什么行动？"

"而且他说你的私生活非常拘谨，并没有男朋友。"

我一直与他牛头不对马嘴："我是不是已经介入三角关系？"

他拿我没法："你母亲长得很美，我看过她以前的照片。"

我终于有了共鸣："是的。"

"跟你一个印子，"叶世球说，"父亲给我看她在上海海浴的照片，真没想到那时已有游泳衣。"

我忍不住笑起来："那时不知有没有电灯？"

"她是那么时髦，现在还一样？"

"一样，无论在什么兵荒马乱的时刻都维持巅峰状态，夏季 36 摄氏度的气温照穿玻璃丝袜，我怎么同她比，我日日蓬头垢面。"

"可是她已是五十多岁的人了。"

"五十一。"

"仍是老年人，不是吗？"叶世球问。

我说："她听到这样的话可是要生气的。"

"你们一家真够传奇性。"

"是吗，彼此彼此，这些年来，我们也约略听说过叶家公子你的事迹，亦颇为啧啧称奇。"

他笑："百闻不如一见？"

"叶伯伯真纵容你。"

"不，是我母亲。"他脸上闪过一丝忧色，"由她把我宠坏。"

"我们也知道她身体不好。"

"已经拖到极限。"他唏嘘地说。他把我带到郊外的私人会所，真是个谈心的好地方。

"你真闲。"我说。

他有点愧意。

他父亲可由早上八时工作到晚上八点，这是叶伯伯的生趣，他是工作狂。

物极必反，却生有这么一个儿子。

我看看表："下午三时之前我要回到市区。"

"之俊，别扫兴。"

"无论怎么样，我是不会把身世对你说的。"

"你知道吗？"他凝视我，"我们几乎成为兄妹，如果你的母亲嫁了我父亲……"

"你几岁？"我问。

"三十一。"

"姐弟。"我改正他。

"你倒是不介意把真实年龄公诸世人。"他笑。

"瞒得了多少？你信不信我才二十七？出卖我的不是十八岁的女儿，而是我脸上的风霜。"

"喂，年龄对女人，是不是永恒的秘密？"

我大笑："你知否关太太的真实年龄呢？"

"不知道，"他摇头，"我们了解不深。"

但他们在一起也已经有一段日子。他没有派人去调查她？我突然想象他手卜有一组密探，专门替他打听他未来情妇之隐私：有什么过去，有什么暗病，有什么爱恶，等等。

叶世球是个妙人。

"听说，没有人见过你女儿的父亲？"他好奇地问。

这难道也是叶伯伯告诉他的?

我面孔上终于露出不悦的神情,叶世球说话没有分寸,他不知道适可而止。

我不去睬他,喝干咖啡,便嚷要走。

他连连道歉:"之俊,我平时不是这样的,平时我对女人并没有太大好奇心。"

哟,还另眼相看呢。

"请送我到太古城,我在那里有个工程。"

"好。"

一路上我闭起双眼,他也没有再说话。

汽车无线电在悠扬地播放情歌。

叶世球这辆车好比人家住宅的客厅:有电话有音响设备,设一台小小电视机、空气调节、酒吧,要什么有什么,花样百出,令人眼花缭乱的。

到了目的地,他问我要逗留多久,要叫司机来接我走,我出尽百宝推辞。

到真的要走的时候,热浪袭人,我又有一丝懊悔,但毕竟自己叫了车回家。

陶陶在家抱住电话用,见我回家才放下话筒。她有本事说上几个钟头，电话筒没有受热融化是个奇迹。

我脱了衣裳，叫她替我捶打背脊。

小时候，给她十块钱可以享受半小时，她一直捶一直问："够钟数没有，够钟数没有？"第一次尝到赚钱艰难的滋味。

我被她按摩得舒服，居然想睡。

模模糊糊地听见她说："妈，我拍电影可好？"

我如见鬼般睁大眼："什么？"

"有导演请我拍戏。"

你看，我早知道放了陶陶出去，麻烦事便接踵而来。

我深深吸口气："当然不可，你还得升学。"

她坦白地说："就算留学，我也不见得会有什么成就，也不过胡乱地找个科目混三年算数。学费与住宿都贵，怕要万多元一个月，白白浪费时间，回来都二十多岁了。"

我尽量以客观的姿态说："拍戏也不一定红，机会只来一次，万一手滑抓不住就完了。"

"我想试一试。"

我欲言还休，我又不认识电影界的人，反对也没有具体的理由，即使找到银坛前辈，问他们的意见，也是很含糊的，不外是说"每一行都良莠不齐，总是靠自己努力"等等，根本可以不理。

"陶陶，我知道你会怎么说，你会觉得无论你提什么出来，我都反对。"

她不出声。

"陶陶。"

"这是千载难逢的机会，妈妈，打铁不趁热的话，机会一失去，就没有了。"

"你想做一个万人瞩目的明星？"我问，"你不想过平凡而幸福的日子？"

"平凡的人也不一定幸福，每天带孩子买菜有什么好？"她笑。

我不说话。

"那是一个很好的角色，我就是演我自己：一个上海女孩子，跟着父母在五十年代来到香港……是个群戏，我可以见到许多明星，就算是当暑期工，也是值得的。"

我说："这个虎背，骑了上去，很难下来。"

"我是初生之犊，不畏老虎。"

我不知说些什么才好，再反对下去，势必要翻脸。

我沉吟:"问你外婆吧。"

陶陶脸上露出胜利的微笑,外婆是一定帮她的,她知道,我越发觉得势孤力薄。

"妈妈,"陶陶靠过来,"我永远爱你,你放心。"

她一定是看中年妇女心理学之类的书籍太多,以为我占有欲强,怕失去她,所以才不给她自由。

我实在是为她好。

"陶陶,在我们家,你已经有很多自由,实不应得寸进尺。"我郁郁不乐。

"我知道,"她说,"不过我的女同学也全知道婴儿不是自肚脐眼出来的。"

她在讽刺我,我不语,闭上双目。

她说下去:"你应有自己的生活,分散对我的注意力。"

我忍气吞声,不肯与她起纷争。

我怎么好责备她?譬如讲,我想说:我不想你变为野孩子。她可以反驳:我根本是个野孩子。

眼泪在眼角飞溅出来。

陶陶立刻沉默。

我用手指拭干泪水,没事人似的问:"谁是导演?"

"飞龙公司，许宗华导演，一签约就给我剧本，你可以看。"

"暑假让你拍戏，十月你去不去美国念大学？"

"为什么一定要我读大学？"

"因为每一个淑女都得有一纸文凭。"

"妈妈，那是因为你有自卑感，你把学历看得太重要，你畸形地好学，不过想证明你与众不同，我并不认为每个人都要上大学，正等于我不认为每个人都要结婚一样。"

"陶陶，"我压抑着，手都颤抖，"你存心同我吵嘴？"

"不，妈妈，不。"她过来拥抱我。

我靠紧她的面孔，有弹力而滑嫩的面颊如一只丝质的小枕头，我略略有点安全感。

"如果外婆答应，你去吧。"我有点心灰意冷。

"我要你答应我。"

"加州大学回音来的话，说你会去。"

"好吧，我去。"她勉强得要死。

"都是为你好，陶陶。"

"我相信是的，妈妈，但是你我的价值观大不相同。我相信没有人会因为我没有文凭而看不起我，即使有人看不起我，我也不在乎。"

她年轻，当然嘴硬，十年后自信心一去，就会后悔，人不得不向社会制度屈服，因为人是群居动物，但是此刻我无法说服她。

"我知道你在想什么，妈妈，你要我做淑女、念文凭，借此嫁一户好人家，那么你安心了，觉得你已尽了母亲的责任。"

我呆呆看着她。

"你怕我去冒险，你怕有不良结果，你怕社会怪你，你怕我怪你，是不是？"

"是。"我说，"你猜得一点也不错。"

"不会这样的，妈妈，你应该对我有信心，对自己有信心，你不是坏女人，怎么会生一个坏女儿？妈妈，给我自由，我不会令你失望。"

"陶陶，我的头发为你而白。"

"妈妈，"她温和地说，"没有我，你的头发也是要白的。"

"从什么地方，你学得如此伶牙俐齿。"

"从你那里，从外婆那里。"她笑。

她长大了，她日趋成熟，她的主观强，我不得不屈服。

我唏嘘，陶陶眼看要脱缰而去，我心酸而无奈。

人总怕转变，面对她的成长，我手足无措。

"我去与外婆聊天。"

"她不在家，她与朋友逛街。"

"你应该学外婆出去交际。"

"陶陶，既然你不让我管你，你也别管我好不好？"

她赔笑。

我爱她，不舍得她，要抓住她。

"那么，我叫一姐做绿豆汤给我吃。"她还是要开溜。

我叫住她："那合同，千万给我过目。"

"一定，妈妈。"

拍电影。我的天。

我只有叶成秋这个师父、导师、益友、靠山。

坐在他面前，红着眼睛，我有说不出的苦，不知从什么地方开始。

人家雄才伟略，日理万机，我却为着芝麻绿豆的私事来烦他，我自觉不能更卑微更猥琐。

但是我不得不来。

他说:"我什么都知道了。"

我抬起头,在地球上我所仰慕的人,也不过只有他。

他笑:"你到底还年轻,经验不足,何必为这样的小事弄得面黄黄,眼睛都肿。你母亲都告诉我了,她赞成,我也不反对。"

叶成秋说:"你就随陶陶过一个彩色暑假,有何不可?"

我低下头。

"我知道你怕,你自己出过一次轨,饱受折磨,于是终身战战兢兢,安分守己,不敢越出雷池半步。你怕她蹈你的覆辙。"

那正是我终身黑暗的恐惧。

"有时候我们不得不豁达一点。之俊,孩子们盯得再牢也会出毛病,你不能叫她听话如只小动物,照足你意旨去做,有时候你也会错。"

我用手绢遮住了双眼。

"可怜的之俊,我还是第一次看见你哭,怎么,后悔生下陶陶?"

我摇头:"不。十八年前不,十八年后也不。"

"那么就听其自然,给她足够的引导,然后由她自主,你看我，我多么放纵世球。"

我揩干眼泪，此刻眼泡应更肿，面孔应当更黄。

"放心，我看好陶陶，有什么事，包在我身上。"

我只得点头。

他忽然温柔地问："你见到世球了？"

我又点头。

"你看我这个儿子，离谱也离得到家了。"然而他仍然脸带微笑，无限溺爱，"他不是好人啊，你要当心他。"

我有点不好意思。

我站起来："我知道你要开会。"

他问："你现在舒服点没有？"

"好多了。"

"改天我们一起吃饭。"他说，"我会安排。"

我告辞。

这样子萎靡也还得工作，跑到这里跑到那里，新房子都没有空气调节设备，我与工匠齐齐挥汗，白衬衫前后都湿个透，头发上一蓬蓬的热气散出来，连自己都闻得到，又着腰，央求他们赶一赶，只得穿牛仔裤，否则无论在什么地方钩一记，腿上就是一条血痕，虽不会致命，但疮痕累累，有什么好看。

　　渐渐就变成粗坯，学会他们那套说话，他们那套做法。

　　碰巧有人叫了牛奶红茶来，我先抢一杯喝掉提神，他们看牢我就嘻嘻笑。遇事交不了货，骂他们，也不怕，至多是给我同情分：别真把杨小姐逼哭了，帮帮她吧。

　　好几次实在没法子，叶成秋替我找来建筑师，真是一物治一物，三个工头就是服建筑师，总算顺顺利利地过关。

　　最近根本没有大工程，自己应付着做，绰绰有余。

　　我坐在长木条凳子上，用报纸当扇子，有一下没一下地往身上扇，整个人如从胶水里捞出来似的发黏。想想世事真是奇妙，如此滥竽充数，只不过念过一年校外设计课程，便干了这些年，忽然佩服起自己来。

　　我再坐一会儿便回写字楼。

　　那小小的地方堆满了花，也没有人替我插好它们，有些在盆子里已经枯萎一半，叫人好肉痛。

　　自然是叶世球的杰作。

　　他为着浪漫一下，便选我做对象，却不知我已狼狈得不能起飞，根本没有心情配合他的姿势。

我把花全拨在一旁，做我的文书工作，直至一天完毕。

"振作起来，之俊，"我同自己说，"说不定这一个黄昏，在街角，就可以碰到我的救星，他会问我：'你喜欢勃拉姆斯吗？'"

生活是这么沉闷，如果我还跳得动舞，我也会学陶陶般天天去迪斯科报到。

也许是好事，也许有了工作，可免除她在迪斯科沉沦。

套一句陈腔滥调：我拖着疲乏的身体回家。

明天的事有明天来当，今天且回去早早寻乐。

家就是天堂，我买了一公斤荔枝回去当饭吃。

这是我发明的，荔枝与庇利埃矿泉水同吃，味道跟香槟一样。

沙发上有一本东洋漫画，是叮当的故事，是陶陶早两年在日本百货公司买的（那时她还是个小女孩，不知怎的，七百多个日子一过，她变成少女）。

陶陶并不懂日文，但光是看图画也是好的，看到叮当及查米扑来扑去不知忙什么，她急得不得了，到处找人翻译。

叶成秋答应她将画拿到翻译社去，是我制止的。

叶伯伯当时大惑不解地问:"查米?还有油盐?到底是什么东西?"

陶陶最喜欢查米这个角色,巴不得将它拥在怀中,这是只一半像兔子一半像猫的动物,来自外层空间,造型可爱,性格热情冲动,陶陶时时看图识字式地逼我陪她看……

这些画还未过时,她已经决定去做电影明星。

我都不知说什么才好。

我对画中的查米惆怅地说:"你爱人不要你了。"

我们始终不知道故事说些什么太空陈年旧事。

陶陶房间中一地的鞋子,开头是各色球鞋,接着是凉鞋,后来是高跟鞋。

她从来不借穿我的鞋子,因为我只穿一个式样的平跟鞋,她却喜欢细跟的尖头鞋。

那种鞋子,我在十八岁的时候也穿过,那时候我们配裙子,她们现在衬窄脚牛仔裤,颜色鲜艳,热辣辣的深粉红、柠檬黄、翠绿,也不穿袜子,完全是野性的热带风情。

我母亲说的,穿高跟鞋不穿丝袜,女人的身份就暧昧了。双腿白皙，足蹬风骚的露指拖鞋，便是个夜生活女郎。双腿有太阳棕，皮子光滑，鞋子高得不得了，那一定是最爱高攀洋人的女人。

女儿说过什么，母亲又说过什么。

有没有人理会我说过什么？

我常常吃她们两个人的醋，不是没有理由的。

我把漫画册子放好，看电视新闻，世界各个角落都有惨案发生：战争、龙卷风、地震、瘟疫，大概我还是幸福的一个人。

其实我非常留恋这种乱糟糟的生活，一下子女儿那头摆不平，又一会儿父亲有事，母亲身子不爽利……让我扑来扑去，完全忘记自己的存在。

为他人而活是很愉快的事，又能抱怨诉苦。

等陶陶去外国留学，我的"乐趣"就已经少却一半，难怪不予她自由。

才静了一会儿，关太太的电话来了。

她的声音是惨痛的、沙哑的："杨小姐，你来一次好不好？"

我有点做贼心虚，略略忐忑："有什么要紧事？我一时走不开。"

"杨小姐，"她沉痛地说，"我也知道，叫你这样子走来走去是不应该的，但这些日子来，我们也算是朋友，算我以友人的身份邀请你来好不好？"

我还是犹疑，我不想知道她太多的私事。

"就现在说可以吗？"

"也可以，"她吐出长长一口气，可见其积郁，"我与关先生分手了。"

这是意料中的事，叶世球已经告诉我。

我维持沉默。

"你知道他是怎么通知我的？""关"太太逼出几声冷笑，"他叫女秘书打电话来，那女孩子同我说：'是孙小姐吗？我老板叫我同你说，你有张支票在我这里，请你有空来拿，老板说他以后都没有空来看你了。'你听听，这是什么话？"

叶世球真荒谬。

"关太太，"我说，"我此刻有朋友在家里，或许我稍迟再与你通电话？"

她不理我，继续说下去，她只想有个倾诉的机会，是什么人她根本不理。

"那我问女秘书：'他人呢？'她答：'老板已于上午到欧洲开会去了。'我才不信，去得那么快？这样说散就散，三年的交情……"

"关太太，我过一会儿再同你联络好不好？"

"杨小姐，我知道你忙，我想同你说，不必再替我装修地方了，用不着了。"

"啊。"人家停她的生意，她立刻来停我的生意。

她苦涩地说："没多余的钱了。"

我连忙说："关太太，那总得完工，别谈钱的问题好不好？"

"杨小姐。"她感动得哽咽。

"我明天来看工程。"

"好，明天见。"

我放下电话，松一口气，这才发觉腋下全湿透了。

我发了一会子呆。

虽说叶世球薄幸，但是孙灵芝也总得有个心理准备，出来做生意的女人，不能希企男朋友会跟她过一辈子。

不过女人到底是女人，日子久了就任由感情泛滥萌芽，至今日造成伤心的局面。

女人都痴心妄想，总会坐大，无论开头是一夜之欢，或是同居，或是逢场作戏，到最后老是希望进一步成为白头偕老，很少有真正潇洒的女人，她们总企图在男人身上刮下一些什么。

胭脂

叁·

我们这些人真能熬，
咬紧牙关死撑是英雄本色。

母亲劝我不要夹在人家当中。

要走，也得在人家清楚分手之后。

我觉得很暧昧，她这样劝我，分明是能医者不自医，不过我与她情况不同。

我与叶世球没有感情，而她与叶伯伯却是初恋情人。

"自然，"我说，"何况他是个那么绝情的人，令人心惊肉跳。"

"这件事呢，有两个看法，他对野花野草那么爽辣，反而不伤家庭和气。"

我沉默地说："这都与我无关。"

母亲手上拿着本簿子。

我随口问："那是什么？"

"陶陶拿来的剧本。"

"什么时候拿来的?"我一呆,她先斩后奏,戏早就接了,才通知我。

"昨天。"

果然如此,也无可奈何,只得皱眉。

"有没有脱衣服的戏?"

"没有,你放心,要有名气才有资格脱。"妈妈笑。

"唉,一脱不就有名气了?"我蹬足。

"这是个正经的戏,她才演女配角的女儿,不过三句对白。"妈妈说。

"是吗,真的才那么一点点的戏?"我说。

"真的,一星期就拍完,你以为她要做下一届影后?"

"但是,现在年轻女孩子都摊开来做呢,什么都肯。"

"那你急也不管用。"母亲放下本子。

只见剧本上面有几句对白被红笔画着。

"是什么故事?"

"发生在上海的故事,"母亲很困惑,"为什么都以上海做背景?陶陶来问我,那时候我们住什么地方。"

我说:"慕尔鸣路二百弄三号。"

"她便问：为什么不是慕尔名？慕尔名多好听。又忙着问你是在家生的还是在医院生的。说是导演差她来问。"

我连忙警惕起来："妈，别对外人说太多。"

母亲解嘲地说："要说，倒是一个现成的戏。"

"要不要去客串一个老旦？"我笑。

"少发神经。"

"反正一家现成的上海女人，饰什么角色都可以。"我笑。

"陶陶并不是上海人。"母亲提醒我。

我若无其事答："从你那里，她不知学会多少上海世故，这上头大抵比我知得更多。"

她不响。

"叶伯伯最近做什么？"

"他够运，三年前最后的一批房产以高价脱手。"

"他眼光准。"

"准？所以才没有娶我。"母亲嘲笑。

"两宗不相干的事，偏要拉扯在一块儿说，"我笑，"你不肯嫁他，难道他就得做和尚不成？"

"娶姓梁的广东女人眼光才准呢。"母亲说，"现成的家当没人当继，成全了他，命当如此。"

叶成秋当年南下，非常狼狈，在一间小型塑胶厂做工，老板包食宿，看他一表人才，一直提拔他，还把独生女儿嫁给他。

叶成秋就是这样起的家，父亲知道他的底子，一直瞧不起他。

"是他有本事，"我说，"叶伯伯那样的人，无论做哪一行，都有本事崛起。"

母亲笑："那么看好他？"

"他处世做人都有一套，怎么会长久屈居人下。这是一个有才必遇的社会。"

母亲点头："这倒是不错，像咱家陶陶，一出去亮相，立刻获得机会。"

我反手捶着腰。

"怎么，腰位酸痛？"

"一累便这样，要不要看医生？"

"过了三十是差些，自然现象。"她微笑。

母亲并不同情我，她同情的是陶陶。

我同情关太太。

她没有上妆，倒并不如想象中那么面目全非，只是整个人无精打采，面孔黄胖，平日的冶艳影子都没留下。

换句话说，毫无新鲜之处，但凡失恋的女人，都这个模式。

她开门见山："杨小姐，我很感激你，你很有义气，但这个房子我要卖，我看还是停工好些。"

我点点头。

"我要到新加坡去一趟，那里有我的亲戚，之后我再同你联络吧。"

忽然之间我对她这里也产生依依不舍之情，好几年了，她拆了墙之后就改柜，换完玻璃砖就剥墙纸，永无宁日，现在抗战完毕，我失业了。

"有没有找到关先生？"我的声音低不可闻。

"找他？我没痴心到这种地步，"她先是赌气，忽然忍不住哭，"难道还抱住他腿哀求？"

我说了句公道话："你仍然漂亮。"

"终有一日，我会年老色衰，"她哭道，"那一日不会太远了。"

这是她的事业危机。

我站起来："我们再联络。"

"谢谢你，杨小姐。"

"我什么都没做，你不必谢我。"我说。

"欠你的数目，我算一算寄给你。"关太太道。

"那我要谢你。"

离开关宅，我匆匆过马路，有辆车使劲对着我按喇叭。

我没好气，转头看，大吃一惊，又是叶世球。

"你斗胆，"我说，"你竟敢把车子开到这里来，你不是到欧洲去了？"

他嘻嘻笑："你怕？"

"我真怕，失恋的女人破坏力奇强，我怕被淋镪水。"

"不会的，她收到支票就气平。"

我冲口而出："你以为有几个臭钱就可以横行不法？"

叶世球一怔，像是不相信人的嘴巴可以说出这么老土的话来，随即疯狂大笑，一边用手指着我。

我十分悲哀。

我哪里还有救？我怎么还可以存这种思想？

我拉开车门坐上去："闭嘴，开车吧。"

"之俊之俊，我叶世球真服了你，唉，笑得我流泪，"他揩揩眼角，"你这个可爱蛋。"

我木着脸坐着。

"今天晚上我有一个舞会，我邀请你做我的女伴。"

"跟你在一起亮过相，点过名，我这一生就完了，"我说，"虽然我此刻也无什么前途，但到底我是清白的。"

他含笑转头问："你还会背多少粤语片对白？"

"请转头，我到家了。"

"你回去也不外是坐在小客厅中胡思乱想。"

"你管不着。"

"怕人多的话，不如两个人去吃饭，我带你去吃最好的生蚝。"

"你有那么多的时间，就该陪陪令堂大人。"

这一下子叶世球沉默了。

"她最近可好？"

"遗嘱早已立下，医生说过不了秋天。"

"真应该多陪她。"

"淋巴腺癌是最能拖的一种癌，五年了。"叶世球说。

久病无孝子，但我仍然固执："应把母亲放在第一位。"

他兴味索然："好，我送你回家。"

"叶世球，我们之间是不会有进一步的发展的。"

他侧侧头："不会吗？你走着瞧。"

哗，真刺激，像古代良家妇女遇上花花太岁：终究叫你跳不出我的手心。

我既好气又好笑："当心我告诉叶伯伯。"

"他才不管这些。"叶世球笑。

"他可担心你母亲的病？"我禁不住问道。

"家父是一个很重情义的人。"

"这我当然知道。"

"他不可能更担心，所以母亲说，为了一家子，她希望早日了此残生。"

我恻然，喉头像塞着一把沙子，只得干咳数声。

"病人半个月注射一次，你不会见过那种针，简直像喜剧片中的道具，针筒粗如手臂，针头似织针，有人打了一次，受不了苦楚，半夜上吊自杀。"

我看他一眼，心中产生很大的恐惧。

"母亲以前长得很秀气，个子是小一点，但很不显老，现在皮色如焦灰，头发一直掉，身子浮肿……之俊，你别以为我不在意，尽想着吃喝玩乐，我也有灵魂，我也有悲哀，可是难道我能站到太平山顶去对着全市发出痛苦的呼声吗？"

我勉强地笑："听听谁在说话剧对白。"

他也很沉重："之俊，都是你，勾起我心事，此刻即使是世界小姐站在我面前我也不会动心了。"

"我们改天见吧。"我觉得抱歉。

他待我下车，把车灵活地开走。

陶陶在家等我。

陶陶说："妈妈，有电报。"

我接过，才要拆开，忽然浴间的门被推开，这个乔其奥自里面出来。

小小客厅的空气顿时僵硬，我面孔即时沉下。

这人，仿佛没有家似的，就爱在女朋友处泡。

我问他："是你介绍陶陶去拍电影的吗？"

他很乖觉，坐下赔笑说："不是我，是导演看到陶陶拍的广告后设法找到她的。"

"广告上演了吗？"

陶陶笑："你瞧我母亲多关心我！"

"有没有录影带？给我看看。"

陶陶立刻取出，放映给我看。是那种典型的汽水广告，红红绿绿一大堆年轻男女，十三点兮兮地摇摇头摆摆腿，捧着汽水吸，一首节奏明快的曲子叽里呱啦地唱完，刚刚三十秒钟交差。

看到第三次我才发觉那个浓妆的、头上缚满蝴蝶结的、穿着泳衣的女孩子便是陶陶。

那个导演的眼光可真尖锐。

"陶陶手上本来还有一个饼干广告及一个宣传片，不过为了新戏，全部推掉了。"乔其奥得意地说。

"你是她的经理人吗？"我冷冷问。

陶陶关掉电视机。

"妈妈，"她有意改变话题，"电报说些什么？"

我才记起，谁会打电报来？心中纳罕。

拆开读，上面写着："之俊，九牛二虎之力方探到你的消息，我于下月返来，盼拨冗见面，请速与我联络为要。英念智。"

我一看到那"英"字，已如晴天霹雳，一颗心剧跳起来，直像要冲出喉头，头上轰的一声，不由自主地跌到沙发里。

"妈妈，"陶陶过来扶我，"什么事，电报说什么？"

我撑着头，急急把乱绪按下："中暑了，热得发昏，陶陶，给我一杯茶。"

陶陶连忙进厨房去倒茶，只剩下我与乔其奥对坐。

乔其奥轻声问我："坏消息?"

我若无其事说："老朋友要来看我，你瞧瞧，尘满面，鬓如霜，还能见人吗?"我要是叫他看出端倪来，这三十多年真是白活了。

"你还是漂亮的。"他安慰我。

陶陶出来说："这杯茶温度刚刚好。"

我咕咕地喝尽，定定神："你们不过是暂来歇脚的，还不出去玩?"

陶陶巴不得有这一句话，马上拉起乔其奥出去。

待他们出了门，我方重新取出那封电报，撕成一千片一万片。

怎么会给他找到地址的!

这十多年来，我几乎断绝一切朋友，为只为怕有这一天。

结果他还是找上门来。

我要搬家，即时要找房子，事不宜迟。

不行。我能够为他搬多少次？

没有那种精力，亦没有那么多余钱。

电话铃响，我整个人跳起来，瞪着它，许久才敢去听。

"之俊？我是叶伯伯。今天下午我有空，要不要出来谈谈？"

"要，要！"我紧紧抓住话筒，满手冷汗。

"这么踊跃？真使我恢复自信。"他取笑我。

我尴尬地笑。

"我来接你。"

"十五分钟后在楼下等。"

太阳是那么毒烈，一下子就晒得人大汗淋漓，我很恍惚地站在日头底下，眼前金星乱舞，热得没有真实感。

我试图搜索自己的元神，她躲在什么地方？也许在左腹下一个角落，一个十厘米高的小人儿，我真实的自身，正躲在那里哭泣，但这悲哀不会在我臭皮囊上露出来。

"之俊，之俊，你怎么不站在阴凉处？"

"叶伯伯。"我如见到救星。

"你看你一头汗。"他递上手帕。

这时候才发觉头发全湿，贴在脖子上额角上。

我上了车，紧紧闭上眼睛。

"每次你把头放在坐垫上，都似如释重负。"

"人生的担子实在太重。"

"之俊，顺其自然。"

我呆呆地咀嚼这句金玉良言。

"但是之俊，我自己也做不到。"

我张开眼睛看他，他长方脸上全是悲痛。

"之俊，我的妻子快要死了。"

我不知如何安慰他。

"她是个好女人好妻子，我负她许多。"

"你亦是个好丈夫，一切以她为重。"

他长长叹息一声，不予置评。

半晌他问："你公司生意如何？"

"没有生意。"

"有没有兴趣装修酒店？"

"多少房间？"

"一百二十间。"

"在什么地方？"

"江苏。"

"不行，我不能离开陶陶那么久。"

"陶陶并不需要你。"

这是事实。

"你可以趁机会去看童年的故居。"

我微笑："慕尔鸣路早已改为茂名北路。"

"是的，那是一幢两上两下的洋房，我哪一日放学不在门外的梧桐树下等你母亲，车夫把车子开出来了，我便缩在树后躲一躲，那时葛府女眷坐私人三轮车，你外婆明明见到我，总不打招呼，她眼里没有我。"

这是叶伯伯终身的遗憾。

"你到底有没有进过屋里？"

"没有，从来没有，"他渴望地问我，"你记不记得屋里的装修如何？"

"我怎么记得？我才出世。"

他颓然："我愿意付出很大的代价，只要能够坐到那间屋子吃一杯茶。"

"我可以肯定那一间屋子还在。"

"我去打听过，已经拆掉了。"叶伯伯说。

"不要太执着。"我微笑。

"据你母亲说，屋子里有钢琴，客厅近露台上挂着鸟笼，养只黄莺，天天喂它吃蛋黄……之后我不停做梦，多次成为该宅的上宾，我太痴心妄想。"

"屋主人早已败落，还记着干什么？"

"葛宅的电话是 39527。"

我的天，他到今日还记着。

"你母亲结婚那日，正是英女皇伊利莎白二世加冕同一天，我永远不忘，那是 1953 年 6 月 2 日。"

"电话你打过许多次？"

"没有，一次都没有。"

"为什么？"

"不敢。而且那时候电话是非常稀罕的东西。"

"于是你就靠躲在树后等？"我笑了，"下雨怎么办？"

"张大嘴巴喝雨水解渴。"

"如果那时葛小姐决定跟你私奔，你们会不会有幸福？"

"绝不。"

"可是叶伯伯你这么有本事。"我不相信。

"她熬不过我的奋斗期就饿坏了。"

"你不要小看她。"

"是我不舍得叫她出来吃苦。"

"后来她岂不是更苦。"

"谁会料到时局有变。"他声音渐渐低下去。

我问："江苏那酒店谁负责？"

"还有谁？"他微笑。

"叶世球？"

"聪明极了。"叶伯伯微笑。

"是他我就不能去。"我坚决地说。

"你这傻孩子，这么好的机会错过就没了，难道你一辈子为关太太换洗脸盆？"

"我要想一想。"

"去散散心也是好的，换个工作环境。"

"那不是一项轻松的工作。"我说。

"自然不是，世球会指点你。"

"他到底是干什么的？"我说。

"你不知道？他没同你说？他是麦吉尔毕业的建筑师，你以为他是什么？"叶成秋说。

总之，我小看了他。

三日后，叶世球叫我到华之杰。

他在开会时另有一副面孔，严肃得多，与平时的嬉皮笑脸有很大的出入，会议室中一共有七位专业人士，连同秘书共十五人，我排十六。

世球还替我聘请了两位助手，我们这十余人，包括世球本人在内，全部是华之杰的雇员。叶伯伯存心要照顾我，所以才有资格滥竽充数。

会议散了之后，世球留住我。

"你来看看这座酒店的草图。"

他叫秘书把图纸捧过来。

"这个长蛇阵摆得不错吧。全部两层楼建筑，依山分两级下来，对着一个天然湖泊。这是父亲与上头第一次合作，只许成功，不许失败。"

我看他一眼，他故意给我压力，好让我向他诚服。

我看牢图纸不出声。

"做酒店的内部设计可不同别的房子啊，草图一出来你就得开工。这套图是你的，你同助手即时开工。三间餐厅、一个咖啡室、一所啤酒馆，这里是健体中心，隔壁是泳池，上下两层大堂，五十个单人房，七十间双人房，十间贵宾厅，全交给你了。"

他笑吟吟的，像是要看我这件黄马褂穿不穿得下。

我气："华之杰大厦也是我设计的。"

"难怪呢，那时我向父亲拿这个工程都拿不到。"

"几时交货？"我问。

"透视图在一个月内起货。"

"时间上太克扣了，恐怕没有一觉好睡。"

"啊，你还打算睡觉呀？我过几天就要与园林建筑师去看看怎么利用那个天然湖，你不同我赶？"

我坦白说："我没想到你也会工作。"

"之俊，我知道你看不起我。"叶世球并不生气。

他身边女人太多，我不敢相信他有时间做其他的事。

"我的时间利用得好。"他振振有词。

从那日开始，我真正忙起来。

我助手的资历足可以充我师父，两位都是女士，才华过人。事实上，华之杰酒店一行十六人，女性占大半数。酒店管理一组亦是全女班，不但工作能力强，打扮也妖娆。每次开会，如入众香国，莺莺燕燕，不同味道的香水扑鼻而来，英语、法文、普通话齐飞。我冷眼看去，只觉叶世球其乐无边。

他有他的好处，永远谈笑用兵，游戏人间。他的设计并无过人之处，也许一辈子不会成为第二个贝聿铭或亚瑟·艾历逊，但是你别管，他有他的实用价值，非常实惠理智。

我还是老样子，永恒地扎着头发，衬衫、长裤、平跟鞋，永无机会成为美女的强敌，我是友谊小姐的人才。

最神秘的是我们的结构工程师，四十上下年纪，穿香奈儿套装，十指尖尖，爱搽紫玫瑰色，头发天天做得无懈可击，说话上气不接下气。我做老板，就不敢用她。

世球说她才能干呢，与当地工头争论最有一手。与上面合作，最痛苦的是她那个位置，因为两地建筑手法完全不同，工程进展上速度之别以光年计，一切靠她指挥争取。

我对她很尊敬，真是人人都有优点。我呢，我有些什么好处，想半天也不得要领。

根本不明白世球为何要对我另眼相看。

他百忙中还偷偷问我："你几时再把头发放下来？几时我们再跳舞？"

他怀中恐怕藏着一个录音机，只有一条声带，碰见每个女人都放一次。

在这个期间，陶陶在拍电影，母亲任她监护人。

我忙得忘了熄灯没换衣裳就可以睡着。

压力很大，半夜会自床上坐起来，大声说："不，我没有超出预算，我知道预算很重要。"

小船不可重载。

人家都是真材实料，独我没有。

陶陶演的那个角色很可爱，是个小女学生，梳两角辫子，阴丹士林旗袍，她爱上了那个打扮，在家也作戏装。

她外婆左右打量她，忽然取出一张照片给我看。

我一看便笑着说："做戏照的也到了家了，怎么把相纸焙得黄黄的。"

"这是我十七岁时的照片。"母亲说。

啊，跟陶陶可以说是一模一样，怎么看都看不出任何差别来。可怕的遗传。

这张相片陶陶争着要："给我给我，我拿去给导演看。"

我也不肯放："叶伯伯见过没有？"

结果拿去翻印，每人珍藏一张。

叶成秋见了说："咦，这不是陶陶吗？"

"不是，这是葛芬。"

"我不相信，"他笑，"怎么会像孪生儿？"

"你应该记得。"我有责怪的意味。

他侧着头："不，你母亲像你，不像陶陶。"

有时候，一个人的记忆会愚弄人。

他把照片还我："几时上去开会？"

"我很紧张，功夫倒是做得七七八八了。"

"材料一概运进去，记住，工人在内地雇用，监起工来不是玩笑的，草图会议之后，初步正式图纸就得出来，你要紧紧贴住世球，他是灵魂，有他帮你，没有失败之理。"

我频频点头。

"别低估里头专业人士的能力，他们拿问题向你开火，答得慢些都会出漏子，要取得他们的信心。"

其实我最怕突破、向前、创新。每天都是逼上梁山，前无退路，后有追兵。

活生生逼出来的，心中有说不出的沧桑。

"之俊，你自小没有父亲照顾，不要紧，我就是你的父亲，你要什么，便对我说，我包管叫你心满意足。"

"我很心足，我已经够了。"

叶伯伯笑："我从来没听人说够，你真傻。"

我只得傻笑。

世球这次为我真尽了力，几乎把着我的手臂来做，连开会时可能发生的问题都一一与我练习。

我为这单工程瘦很多，他却依然故我，到这个时候，我对他的态度也有明显的改变。

原来各人办事的姿态不一样，像我这种披头散发，握紧拳头，扑来扑去洒狗血之辈只好算第九流，只有力不从心才会如此，人家经验老到，简直如吃豆腐，不费吹灰之力，就把事情办得妥妥帖帖。

"后天要出发，"世球说，"住三天，此行不比逛巴黎，你要有心理准备。"

别的女同事不知会带些什么行李，我光是公事上的图样用具便一大箱。

那日回到家，松口气，丑妇终于要见公婆，好歹替叶伯伯争口气，卖酒店房间要靠装修（食物科要生气了），非得替他争取百分之九十出售率不可。

我脱下外套，看到茶几上放着封电报。

我心沉下来。

我拆开来。

"之俊，见文速复，一切从详计议。英念智。美利坚合众国加利福尼亚州九三七六二弗利斯诺城西阿拉道四三二二号第五座公寓。"

我一下子撕掉电报，撕得碎得像末滓。

我北上开会时，决不能叫陶陶在这里住。

"陶陶，陶陶。"我推开房门。

她还没有回来。

我拨电话到母亲那里。

"陶陶在吗？"我问。

"之俊，我也正找你。你父亲病了。"

我不以为意。

可以想象得到，父亲他老人家披着那件团花织锦外套，头发梳得油光水滑，靠在床上咳嗽两声，要求吃川贝炖生梨的样子。

"有没有看医生？"

"你去瞧瞧他，广东女人说得吞吞吐吐，我也搞不清楚。"

"这几天我真走不开，大后天我要跟华之杰大队去开会。"

"他说你两个月没去过，你总得抽空。"

"好，我这就去。"

"明天吧，今日陶陶带朋友来吃饭，阿一做了些拿手菜在这里。"

"谁，乔其奥？何必请他。"

"不是乔其奥，陶陶同他拆开了，你不知道？"

啊？我的下巴要掉下来。打得火热，一下子搁冰水里了，前几天我不是还见过他们？

"那么她现在同什么人走？"一波未平，一波又起。

"导演。"

"谁？导演不也是个女孩子？"

"一字之差，"母亲笑，"这位是文艺青年。"

我哭丧着脸："一天到晚换未来女婿，这种刺激受不了，这个人可不可靠？"

"你要人家做女婿，人家还未必答应呢！小朋友志同道合，走在一起，有什么稀奇？"

"我来，我马上来。"

不是她的女儿，她说得特别轻松。

我赶到娘家，只见那文艺青年早已坐在客厅当贵宾。

我瞪着他研究。

只见他剃平顶头，圆圆面孔，配一副圆圆的玳瑁眼镜，穿小领子白衬衫，灰色打褶裤，小白袜，缚带皮鞋，腕上戴只五彩米奇老鼠手表，二十七八年纪。

真看不出，这么年轻就是一片之主。

"妈妈，"陶陶说，"他是许宗华导演。"

我连忙说："你好你好。"

许导演很讶异地站起来："这么年轻的妈妈。"

这句话开头听还有点欢喜，听熟了只觉老土，我也不以为意。

我向母亲看过去，意思是：就是他？

母亲点点头。

这小子能养活妻儿？他打扮得徐志摩那样，但有没有徐之才气？况且这个年头，才气又租不租得起两室一厅？他一年拍多少套片？每片酬劳若干？

在这一刹那，所有丈母娘会考虑到的问题都涌进我的脑海，我头皮发麻。

一个人，无论多清高多超逸，把你放在哪个位置，你就会进入哪个框框。我虽然还有资格申请做十大杰出青年，但我另一身份是陶陶的母亲，我身不由己地关怀女儿的幸福。

陶陶怎么搞的？为什么她不去跟身份正统一点的男孩子走，譬如说：教师、医生、公务员？

好不容易去旧迎新，又是这样的货色。

懊恼之余，脸如玄铁。

我发觉陶陶的装扮完全变了，以前女阿飞的流气消失无踪，现在她步入电影角色，不知从什么地方（很可能是外婆那里）找来那么多五四时期的配件，如走入时光隧道，与这位导演先生衬到绝。

母亲推我一下："怎么呆笃笃的，坐下来吃呀，这只冬瓜鸭很合节令。"

我坐在电影小子旁边，深觉生女儿没前途，还是生儿子好，这样的文弱书生都有我陶陶去中意他，简直没有天理。

陶陶有点不悦，当然，她一定在想：我的母亲太难侍候，什么样的人她都不喜欢。

为着表示爱屋及乌，我夹了一块鸭腿给那小子。

陶陶面色稍霁。

你看看这是什么年代，做母亲的要看女儿面色做人。

我还得找题材来同姓许的说话。

许导演是广东人吧？怎么想到拍上海故事？是流行的缘故？别闹笑话，有现成的顾问在这里。

记住三十年前的旗袍全部原身出袖，只有上年纪才剪短发。

鞋子是做好鞋面才夹上鞋底，祖宗的像绝不会挂在客堂间。

说得唇焦舌燥。

然而看得出他是那种主观很强、自以为是的人，很难听从别人的意见。

我终于问："陶陶有什么优点？说来听听。"

我女儿抢先说："我长得美。"

我白她一眼。

导演马上说："陶陶可爱。"

浮面的爱。我知道我太苛求，但爱一个人，不能单因为对方似只洋娃娃。

我暗暗叹口气，也吃不下饭，只喝半碗汤。

叶伯伯是对的，我应该走开一下，去到不同的环境，放开怀抱。

我很快告辞。

坐在他们中央，像个陌生人，话不投机。

我去看父亲。

他的情况比我想象中严重得多。

不但躺在床上，头发胡须都好久没剃，花斑斑。眼袋很大，尤其惊人的是两腮赤肿，手碰上去是滚烫的。

"有没有看医生？"我失声问。

"医生说是扁桃腺发炎。"

"不会，"我说，"哪儿有这么严重？这要看专科。"

继母很为难，把我拉到一旁，细细声说："钱他自己捏着不肯拿出来，巧妇难为无米之炊。"

我连忙到客厅坐下，开出张现金支票："明天就送院，一个礼拜都没有退烧，怎么可以拖下去！"语气中很有责怪之意。

继母讪讪的不出声。

两个弟弟坐在桌前写功课，也低着头不语。发育中的男孩子永远手大脚大，与小小的头不成比例，他们也是这样，只穿着底衫与牛仔裤，球鞋又脏又旧，如烂脚似的。他们各架副近视眼镜，两颊上都是青春痘。

忽然之间，我替父亲难受，这么一大把年纪，还拖着两个十多岁的儿子，仅余的钱，不知用来养老还是用来育英才。

继母对父亲说："之俊来看你。"

父亲睁开双眼："之俊……"他喉头混浊。

我很心痛："你早就该把我叫来。"

"不过一点点喉咙痛。"

"之俊让你明日进院。"继母说。

"钱太多了呀。"他挣扎着还不肯。

"我这两天要出门，"我哄他，"没闲来看你，怕没人照顾。"

他冷笑连连："一屋都是人，不过你说得对，我是没人照顾。"他伸出手来握住我的手。

我怕继母多心："他们要上课。你几时听过男孩子懂得服侍病人的。"

继母这些年来也练得老皮老肉，根本也不费事多心，干脆呆着一张脸，假装什么都没听见。

父亲依依不舍地问："你要到什么地方去？"

他的手如一只熨斗，我隐隐觉得不妥。

"我立刻替你安排专科，明早你一定要进院，事不宜迟。"

"你怕什么？"父亲还不信邪。

"你要休息，我明早与你联络。"

"之俊，留下来陪我说几句话，我闷得慌。"

我挤出微笑："有什么苦要诉？"

继母不知该退出去还是该旁听，站在一旁一副尴尬相。

终于她搭讪地喃喃自语："我去看看白木耳炖好没有。"

但是她并没有离开，我觉得她人影幢幢地靠在门外，不知想偷听些什么。

"之俊，我还有些金子。"

我微笑："这与我有什么关系呢？"

"你说，该不该把两个孩子送出去？"

我故意提高声音，好让继母释疑："那自然是要的。"

他黯然："送他们出去也不管用，庸才即是庸才。"

我笑："真的，我们都是庸才。"

"之俊，我不是说你。"

"爸，你要多疼他们。"

他不响。

过很久，他说："我很后悔。"

后悔什么？再婚，在晚年生孩子，还是与母亲分手？

"你母亲，是我把她逼到叶成秋那里去的。"

"多年前的事了，爸。那一位也陪你熬了这些年，你这样说不公平。"我替爸爸拉上被子，"快快睡觉，我真的要回去了。"

说完不理三七二十一，便站起来替他关上房门。

继母躲在门角，见我出来，也不避嫌，立刻说："之俊，只有你明白我这些年来吃的苦。"双眼都红了。

我仍然微笑："要送他们两个出去念大学呢，还不快快加把劲用功，打算去哪里？依我看，加拿大学费略为便宜一点。"

两个弟弟露出惊喜的样子来。

我拍拍他们肩膀："父亲是唠叨一点，心里疼你们，嘴里说不出。"

叶成秋与父亲同年，今日看来，他比叶成秋要老一倍。男人没有事业支撑，立刻溃不成军。

我叹息。

他们送我到楼下。

我又叮嘱几句才回家。

我与父亲的感情并不深，是到最近这几年，他才主动拉紧我。

开头新娶广东女人，又一连生下两个男孩子，也就把我们母女丢在脑后。

十年后他莫名其妙又厌恶后妻与儿子，父亲的感情自私、幼稚、不负责任。

但他还是我父亲。

生命最尴尬是这点。

第二天我百忙中替他找到医生，命弟弟送他进去。

弟弟向我诉苦，说父亲逼着他们去买新鲜橘子来榨汁，不肯吃现成的橘子汁。

他与母亲一般的疙瘩。也不晓得这是不是上海人的特性，也许这样说是不公平的，叶成秋就不介意喝罐头果汁。

出发那日我拖着行李匆匆赶到飞机场，别人都比我早到，也比我轻松。

酒店管理科一组全是女将，仍然窄裙高跟鞋，宁死不屈，好气概。电机工程师如蜜蜂般包围她们，煞是好看。

世球叫我："之俊，这边。"

我才如大梦初醒，向我的助手打招呼，挽起袋子去排队。

他特别照顾我，悄声问："都齐了？"

我点点头。

飞机在虹桥机场降落，我心有点激动：回到故乡了。随即哑然失笑，我只在故乡待过半年，在襁褓中便离开江苏，有什么感情可言，除非是祖先的遗传因子召唤我，否则与到伦敦或巴黎有什么分别。

下飞机第一个印象是热。

我们不是不能忍受热，但到底岛上的热与内陆的热又不一样。等车的一刻便件件衣服湿得透明，贴在身上，热得你叫，热得你跳。

第二便是蝉鸣的惊心动魄，一路上"喳"——拖长声音叫，我抬起头眯起眼睛，明知找不到也似受蝉之魔法呼召，像是可以去到极乐之土。

女士们面孔上都泛起一层油，脂粉退掉一半，比较见真功夫，都立刻买了扇子努力地扇。

冷气旅行车立刻驶至，我依依不舍地登车。

那蝉声还犹在，空气中的浓香又是什么花朵发出来的？

既不像白兰又不是玉簪。

我贪婪地深呼吸。

"香?"世球坐在我身边。

我点头。

"桂花。"

我一时没想到。鼎鼎大名的桂花，传说中香得把人的意志力黏成一团的桂花。

我把头靠在车窗上。这个地方我是来过的，莫非在梦中曾经到过这里。

车子往大东饭店要一个多小时，世球在那里吹嘘："我到全世界都要住市中心。"

女士们立刻投以倾慕神色，我暗暗好笑。也难为他，这个领队不好做，虽然叶伯伯已搭通天地线，也还得世球一统江湖。

他见我笑，便解嘲说："最不合作的是你，之俊。"

我不去理他，心中很矛盾，看样子大东饭店一定时髦得不得了，绝不会勾起什么怀旧之幽思。

我不是不喜欢住豪华旅舍，只是先几年经济情形有所不逮，往欧洲旅行只得住小旅馆，窗门往往对着后巷，在潮湿的夏季傍晚，水手在廉价路边咖啡座喝啤酒，看到我倚窗呆望，往往会好心地吹口哨引我一笑。

就是在那个时候，爱上小旅馆风情，特别有亲切感，连淋浴都成了奢侈，另付五块钱租用莲蓬头一次，带着私人浴巾及香皂进去，不能每天都洗，花费不起。

我喜欢看窗外月色，喜欢在没空气调节的房间辗转反侧，喜欢享受异国风情较为低层的一面。

当然欧洲再热也热不到什么地方去。

冷气车门一开，热浪如吹发器中的热风般扑上来，逼得我们透不过气来。

几位工程师哗然，纷纷发表意见。

我用手摸摸后颈，一汪汗。

世球笑道："我父亲说，真正热的时候，躺在席子上睡着了，第二天起身一看，席子上会有一个湿的人形，全是汗浸的。"

女士们都笑："罗伦斯最夸张。"

如果是叶伯伯说的，一定全是真的，我相信。

我们在旅舍安顿下来，淋浴后我站在窗前眺望那著名的黄浦江。

除却里约热内卢，世界大城市总算都到过了。

世球敲门进来，我转头。

"别动。"

他拿着照相机，一按快门，摩打转动，卡拉卡拉一连数声。

"干什么？"

"之俊，"世球坐下来，"你永远像受惊的小鹿。"

"因为你是一只狼。"我笑答。

"我觉得你与这里的环境配合到极点。"

"这是歌颂，还是侮辱？"

"你太多心了。"

我不去回答他。

"今天晚上我们有应酬，先吃饭后跳舞。"

我服了他，就像一些人，在游艇上也要搓麻将，世球永远有心情玩，玩玩玩玩。

"同什么人吃饭？"

"当然是这里的工作人员。"

"跳舞我就不去了。"

"随你，"他耸耸肩，"反正我手下猛将如云。"

我既好气又好笑，他的口气如舞女大班。

我忽然问："我们在这三天内会不会有空当？"

"你想购物？"他愕然。

"我想逛逛。"

"我与你同去。"他自告奋勇。

"这么热，你与你的猛将在室内喝咖啡吧。"

"之俊，我早说过，我们有缘，你躲不过我。"

当夜我们在中菜厅设宴请客。标准的沪菜，做得十分精致。坐在我身边的是一位上了年纪的上海籍女士，五十余岁，仍然保持着身材，很健谈，而且聪慧，她是早期毕业的建筑师，很谦和地表示愿意向我们学习。

她肩上搭着一方手织的小披风，那种绒线已经不多见，约二十年前我也看母亲穿过，俗称丝光绒线，在颜色毛线中央一条银线织成，贪其好看，当然有点老土，不过在这个时候见到，却很温馨。

女士很好奇，不住问我一般生活情形，乘什么车，住多大地方，做什么工作。我从来没有这么老实过，一一作答，并且抱怨自己吃得很差，不是没时间吃就是没心情吃。

世球见我这么健谈，非常讶异。

临散席时，女士说："你不像她们。"用嘴努努我其余的女同事。

我乐了。真没想到她会那么天真，不是不像我母亲的，经过那么多劫难沧桑，都是我们所不敢问的，仍然会为一点点小事发表意见，直言不讳。

我笑："她们时髦。"

她忽然说："不，你才时髦潇洒，她们太刻意做作。"

赞美的话谁不爱听，我一点不觉肉麻，照单全收，笑吟吟地回到楼上房间去，心想，上海人到底有眼光。

我喝着侍役冲的香片茶，把明天开会的资料取出又温习一遍，在房中自言自语。

扭开电视机，正在听新闻，忽然之间咚的一声，冷气机停顿。室内不到十分钟便燠热起来，侍役来拍门通知正在赶修。心静自然凉，我当然无所谓，但是世球他们跳得身热心热，恐怕要泡在浴缸里才睡得着。

侍役替我把窗户开了一线，我总算欣赏到江南夏之夜的滋味，躺在床上不自觉入梦。

隔很久听见大队回来，抱怨着笑着，又有人来敲我房门，一定是世球，我转个身，不去应他，又憩睡。

早上七时，我被自己带来的闹钟唤醒，不知身在何处，但觉全身骨头痛，呻吟着问上主：我是否可以不起来呢？而冷气已经修好了。

世球比我还要早。他真有本事。

他悄声在我耳边说："同你一起生活过，才知道你是清教徒。"

这人的嘴巴就是这样子，叫好事之徒拾了去，又是头条新闻。

一大行人准时抵达会场。

会议室宽大柔和舒适，是战前的房子，用料与设计都不是今日可以看得见的了，桃木的门框历年来吸饱了蜡，亮晶晶，地板以狭长条柚木拼成，上面铺着小张地毯，沙发上蒙着白布套子。

我抬头打量天花板，吊灯电线出口处有圆形玫瑰花纹图案，正是我最喜爱的细节。

我在端详这间屋子，世球在端详我，我面孔红了。

会议如意料中复杂冗长，三小时后室内烟雾弥漫。中午小息后，下午再继续。

华之杰一行众人各施其才，无论穿着打扮化妆有何不同，为公司争取的态度如一，每个人在说话的时候都具工作美，把个人的精力才能发挥至最高峰。

散会后大家默默无言，世球拉队去填饱肚子。

有人说这儿也应有美心餐厅。

仍然是上海菜。

广东小姐吃到糟青鱼时误会冷饭跑到鱼里去，很不开心，她在家从不吃上海菜。"样样都自冰箱取出。"她说。世球白她一眼。这些我都看在眼里。

我问："今天几度？"

"三十五摄氏度。"

哗。

世球问："心情如何？"

"很好，久久没有过群体生活，很享受。"

"是的，这么多人同心合意做一件事，感觉上非常好。"

"我想到淮海路去走走。"

"明天傍晚或许会有空。"世球说。

"今天傍晚有什么不对？"

"你没有经验，今晚我们自己人要开会讨论。"

真没想到时间那么迫切，我们在世球的套房里做到晚上十二点。所有女性脸上的胭脂花粉全部剥落，男士们的胡须都长出来，但没有人抱怨。

我们这些人真能熬，咬紧牙关死撑是英雄本色。

只有六小时睡眠，世球还自备威士忌到我房间来喝，他这种人有资格娶三个老婆，分早午晚三班同他车轮战。

我用手撑着头，唯唯诺诺，头太重，摇来晃去，终于咚地撞到茶几上，痛得清醒过来。

世球大笑，过来替我揉额角，嚷着"起高楼了"，忽然他凝视我，趋身子过来要吻我，我立刻说："世球，你手下猛将如云。"

世球立刻缩手，大方地说："我不会勉强你。"

我很宽慰。

"你是吃醋了吗？"

"神经病。"

"我念中学的时候，有个男同学早熟，他经验丰富，与我说过，如果女孩子肯骂你神经病，对你已经有感情了。"

我们大笑。

第二日，会议很有用很有建设性，皆大欢喜，大局已定，我们回去将做初步正式图则。

世球说:"头五年一定要赚回本来,跟着五年才有纯利,这十年后资产归回当地政府,最大敌人是时间。散会。"

我一定要到淮海中路去。

世球陪着我,在这条鼎鼎大名,从前是法租界的霞飞路上踱步。热气蒸上来,感觉很奇异。世球问我,有没有可能,他父亲同我母亲,于若干年前,亦在同一条路上散过步?

他说:"从前国泰大剧院在这条路上,父亲喜欢珍姐罗渣士[1],苦苦省下钱去看戏。他兄弟姐妹极多,而祖父是个小职员,半生住在宿舍里,他童年很困苦。"

叶伯伯的一生与我父亲刚相反。

"要不要买些什么?"他问我。

我摇摇头,我并没有在旅行期间购物的习惯,通常是一箱去,一箱回,看见人家什么都抓着买就十分诧异。

"我同你去吃刨冰。"世球说。

与他去到戈壁他也懂得玩的门槛,环境真的难不倒他。

菠萝刨冰既酸又甜,又有一股浓厚的香精味,不过含

---

[1] 即 Ginger Rogers,金格尔·罗杰斯,美国舞台剧演员,电影演员。

在嘴里过一会儿才吞，倒别有风味。

"回去吧。"世球笑，"我们还要吃晚饭。"

女同事们还是去购物了。

助手给我看她买的一串项链。真的美，全用绿宝石穿成，珠玉纷陈，价钱公道。陶陶最喜欢这样的饰物，我见猎心喜，连忙问在什么地方买。但时间已晚，店铺已打烊。

幸亏助手取出另一条让给我，我才有点收获。

结构工程师找到一条丝披肩，流苏足有三十厘米长，结成网，每个结上有一颗黑色的玻璃碎米珠，东西是旧的，但仍然光鲜，一披在身上，整个人有神秘的艳光。

我说我从来没见过这么好看的衣物，赞不绝口，不过不像是中国东西。物主很高兴，告诉我，那是俄国人遗落在这里的，说不定是宫廷之物。

我不敢相信，诡秘的古国，无论拾起什么都有几十年历史，一张布一只花瓶都是古董，而且保存得那么好，奇异地流落在有缘人的手中。

还有人买到镶钻石的古董表，只有小指甲那么大，机器还很健全，只不知有没有鬼魂随着它。

我们这班蝗虫，走到哪里，搜刮到哪里，总有法子作乐，满载而归，我慨叹地笑了。

深夜，世球说："在这个古老的城市住久了，不知你是否会爱上我？"

我看他一眼，不出声。

胭脂

肆·

能够忘记真是福气。

第二天清晨，我们上了飞机。

回到家，弟弟立刻找到我，我连行李都来不及收拾便赶往医院。

继母眼睛肿如核桃。

我同她说："他脾气一直坏，架子一直大，你又不是不知道，凡事忍着点。"

她拉着我的手："切片检查过了，是鼻咽癌。"

我头上轰的一声，如炸碎了玻璃球，水晶片飞溅至身体每一角落，都割在肉上，痛不可当。

啊，上主。

我握住继母的手，两人坐在医院走廊长凳上，作不了声。

过半晌，我撇下她去见医生。

医师很年轻，很和蔼，总是安慰病人家属"对这个症候我们很有研究，已开始电疗，幸亏发现得早，有机会"等等，我没有听进去。

我去病房看父亲，他刚服了药。

他看见我只是落泪，他们已经告诉他了，这真是天地间最残忍的事。

他同我说："我们明明是一对。"

我一时间没听懂。

"我们明明是一对，她是独女，我是独子，门当户对，可是叶成秋偏偏要拆散我们。"

我听明白后怵然而惊，他已经糊涂了，当中这几十年像是没有过，他永远不会原谅母亲。

"叶成秋是什么东西？"他不住地说，"他算什么东西？我杨家的三轮车夫还比他登样。"

我说："是是，你休息一会儿，爸。"泪水滚滚而下。

护士前来替他注射。

"之俊，"父亲握着我的手，"之俊，做人没味道。"

我也不再顾忌，把头靠在床头上哭。

护士像是司空见惯，平静地同我说："不要使他太激动，你请回吧。"

历史上所有的不快都涌上心头，我像个无助的孩子般，坐在病房外号啕大哭，怎么都忍不住。两个弟弟见我如此，也陪着落泪，继母用湿毛巾替我揩面，我发了一身汗。

抽噎着，忽然呕吐起来。

医生说"中暑了"，接着替我诊治。

我拿着药回家，面孔肿得似猪头，昏昏沉沉倒在床上。

过一会儿发觉母亲在推我："之俊，之俊，脱了衣服再睡。"

我尖叫起来："不要碰我。"

"你别这个样子，人总会病的。"

我尖叫起来："你巴不得他死，你巴不得他死。"

母亲把我推跌在床上："你疯了，他死活还关我什么事，他另娶了老婆已经二十年，两个儿子都成年了。"

我才惊觉说错话，急痛归心，更加失去控制，号叫起来："他潦倒一生，妈妈，他几时高兴过，太不公道了。"

母亲也哭："他潦倒，难道我又什么时候得意过？"

这话也是真的，我只得把头埋在枕下尖叫。

"芬，你先出去。"

是叶伯伯的声音。

叶成秋轻轻移开被枕，用手拨开我头发："之俊，三十多岁了，感情还这么冲动，对自己有什么好处？"

他坚定的声音极有安抚作用。

"伤害你母亲能减轻你心中痛苦？"

"我不要你管。"

"你不要我管要谁管？"他笑。

我回答不出。

"人当然有悲伤的时候，切勿嫁祸于人，拿别人出气，叫别人陪你痛苦。"

他陪着母亲走了。

我支撑起来换睡衣，天旋地转，只得又躺下来。

再睁开双眼的时候，天已经黑了。

我并没有即刻开灯，呆着脸沉默着，暗地里只闻到头发受汗湿透后的酸馊气。我叹口气，又决定面对现实，兵来将挡，水来土掩。

"妈妈。"

陶陶的影子在门边出现。她走近我，坐在我床边。

"我煮了白粥，要不要吃一点？阿一送了豆瓣酱来，是用篙白炒的。"

"我不饿。"

"同你切点火腿片好不好？"

"你回到外婆家去吧，我过一两日就好了。"

"是外婆叫我来的。"

"我没事，只想洗个头。"

"我帮你吹风。"

"一生病就想剪头发。"

"妈妈的头发大抵有一公斤重。"陶陶在黑暗中笑。

至此我已经平静下来，对于刚才失态，甚怀歉意。

"外公不是不行了吧？"

"乱讲。"

"人总要死的。"

年轻人一颗心很狠。

"其实我们一年也见不到外公三次。"

我叹口气，改变话题："你拍完戏没有？"

"拍完了。不过现在帮忙做场记。"

我忍不住问："你把乔其奥全给忘了？"

"我以为你不喜欢他。"

"你没有回答我问题。"

"忘了。"

"很好，能够忘记真是福气。"

陶陶拉开床头灯，看见我吓一跳。

我笑："可是成了蓬头鬼了？"

"一笑又不像，好得多。"

她扶我洗了头，帮我吹干，编成辫子。我觉得太阳穴上松了一点。

我缩缩鼻子："什么东西烧焦了，粥？"

"不是，早熄了火——哎呀，是药。"

一小壶神曲茶烧成焦炭。

我瞪着陶陶，忍不住笑起来。

死不去就得活下来。

还不是用最好的浴盐洗泡泡浴。

父亲自医院回家，继续接受电疗，我每日下午去看他，情形并不那么坏，只是支出庞大。

一连好几天都没见世球在华之杰出现。

一日大清早，我回到写字楼，看见他坐在我桌子上喝黑咖啡，西装襟上，别着块黑纱。

我一震，手上捧的文件险些跌在桌子上。

他抬起头，一切尽在不言中，眼神很哀伤。

"世球。"我无限同情。

"我只觉得体内一部分已经死亡。"

"什么时候的事？"我拉张椅子坐到他身边。

"前夜。"

"你父亲如何？"

"自那时开始不食不眠。"

"我没看见讣闻，自己也病了数天。"

"我母亲是一个值得敬爱的女人。"

"一定。"

"我是这样伤心，之俊，我竟哭了，生平第一次流下眼泪，我心如刀割。"

"我知道。"

"她一生寂寞，之俊，她也知道父亲并不爱她，而我又那样不羁。"

"我认为你父亲是爱她的。"我说。

"你也该知道，爱情不只是手拉手或者跳热舞。"我说。

"但是他们甚少说话。"

"爱情亦不是发表演说。"

"他亦不称赞她。"

"爱情不是街头卖艺，敲响铜锣。"

"他爱她？"世球微弱地问。

"当然。他更溺爱你。"

"我一直认为他爱的是你母亲。"

"世球，在他的感情世界里，总容得下一个老朋友吧。"

他释然，呼出一口气。

"世球，你爹没事？"

"你们真的像对父女。"他说，"我很妒忌。"

"去你的。"

"你爱谁？你生父还是他？"

"不选可不可以？"

"不行。"

我说："其实我与父亲没有沟通，我认为他性格上充满弱点，但不知怎的，有事发生，我自然会扑过去，看他吃苦，恍若身受。"

"那么同样的事发生在叶成秋身上呢？"

"他那么强壮，谁理他，"我忍不住说真话，"我们生疮，去找他，他长疱疱，他自己打理，谁管他？"

"这太不公允了。"

"什么人同你说过这是个公平的世界？咄！"

愁眉百结的世球也被引笑。

过一会儿他说："我父亲是个寂寞的人。"

"我相信，"我喃喃说，"He's leader of the band. He's a lonely man."

"你也听过这首歌？"

我点点头。

"我也寂寞。"

我毫不容情地大笑起来。

"你总是踩我。"

"因为你从不介意。"我称赞他。

"你不信我寂寞？"

"算了吧，世球。"

"之俊，如果我向你求婚，你会不会答应？"

"与我结婚的人，要爱我，爱我母亲，兼加爱我女儿。"我说。

"这太难了。"

可不是。

他又沉默，恢复先头那种哀伤，即使是叶世球，也有他沉着的一面。

我冲两杯咖啡，给他一杯，满以为他已经忘却适才的话题，谁知他又说："只爱你一个人，可以吗？"

"那样你也做不到。"

"你太小看我。"

我笑，拍拍他膝头。

"我们几时再上去开会？"

"你向往？"

"嗯，"我说，"我喜欢与华之杰这组人一起工作。"

"自然，都是我挑选的精英。"

我很惭愧，我不够资格。

"下个月吧，一个月一切准备妥当再上去。"

我说："世球，我要开工了，不能陪你。"

"听听这是什么话？"他悻悻说。

"这才是好伙计呀！"我笑。

下班我去看母亲。

她不在，老规矩，去打桥牌。

阿一服侍我吃了顿好丰富的家常菜。她年纪大了，有点混乱，大热天竟煮了火腿猪脚汤，被母亲抱怨，正在烦恼，碰见我来，把汤推销掉，乐得她什么似的。

做人真不容易，用人也有烦恼。

饭后她捧满满一碟子白兰花出来，幽香扑鼻。

我躲在沙发上看报纸。

"大小姐今年也三十二了吧？"她在剥毛豆子。

"快三十五了。"

"时间过得真快。"她感叹。

"谁说不是。"

"自小你是乖的。"她说。

自小我不是个有魄力的孩子，一向只能做些雕虫小技，初步功夫学得很快，钢琴、芭蕾、法语……都容易上手，但等到一天要苦练八小时的关头，就立刻放弃。

少壮不努力，老大自然徒伤悲。

阿一又说："陶陶就不同了，她主张多。"

是的，这一代是不一样的。

"这座老房子要拆了吧？"

"你放心，救火车上不来，不能盖大厦。"

她放了心，悠悠然工作，身上一套黑色香云纱唐装衫裤已有二十年历史，早洗成茶叶色，领口都毛了，但还是她心爱的衣裳。

阿一也有新衣，冬天母亲做给她哔叽衫裤，同时也接收我与陶陶过时不用的手袋皮鞋，母亲很反对她身上弄得似杂架摊子，母亲说："之俊，你乱穿是有型够格，她一乱就像垃圾婆。"

我才像拾荒的。

"陶陶说，她那串项链是你带来给她的？"

"嗳。"

"上头还好吗？"

"你怎么不去看看？"

"我都没有亲人，我是孤鬼。"

门一响，母亲回来了。

阿一捧着毛豆回厨房。

母亲换上拖鞋，坐在我身边。

我说："叶太太去世了。"

"是。"

我们并没有见过叶太太。而世球长得似他父亲，无从查考。

"要不要去鞠躬？"

"之俊，你知道我这个人，一向我行我素，是你们妇解分子的祖宗，早三十多年我都有胆子离婚，处理事情自有我的一套。我不去。"

我点点头。

母亲随即讪笑："你看我多么慷慨激昂。"

我问："你会去看我父亲吗？"

"亦不去，他老婆子女一大堆，何劳我。"

"到底夫妻一场。"

她瞪我一眼："我去把陶陶的父亲叫回来，让你们重话家常，可不可以？"

我马上噤声。

"最恨人家说这种虚伪的、不负责任的滥温情话：到底是孩子的父亲，毕竟是夫妻，一笑泯恩仇……连你都这个样子，之俊，你才三十多岁就糊涂了。"

母亲直到现在，还是火暴的脾气，在很多地方，她比我现代，也难怪陶陶与她谈得拢。

她今日一肚子的气。自然，叶成秋家中出了这等大事，不得不冷落她。

她是见不得光的那一位。

平日不觉得，过年过节，甚至周末，有大事发生的时候，她便得看开点，自己打发时间。

我劝慰她："过几日叶伯伯就空闲了。"

"我同他不过是老朋友，你跟你父亲不知想到什么地方去，我历年来生活并不靠他，你外公有金条在我手上。"

我不敢说什么，大半是不忍，让她挣回一点自尊吧！很多人以为四十而不惑，五十岁应该幻为化石，四大皆空，万念俱灰，但这不是真的，至少母亲的性格一直没有改变。

过一日我代母亲去鞠躬。

殡仪馆黑压压都是人，前头跪着的都有三四十个。母亲说过，做广东人最大的好处便是亲戚奇多，都在眼前，一呼百诺，声势浩大。

世球百忙中还来招呼我，我自己识相，拣一个偏位，坐下来抹汗。

他与他父亲都穿黑西装，看上去似两兄弟。灵堂上拜祭的不乏达官贵人，两父子沉着地应付，虽然哀痛不已，仍不失大体。

叶太太的照片挂在花环当中，鹅蛋脸，细眉毛，菱角嘴，虽然不是美女，看上去但觉十分娇俏，这帧照片恐怕有三十年了，她还梳着疏落的前刘海。

可以想象年轻的叶成秋流落在本市，落魄无靠，遇上了她，从她那里学会说粤语，从她父亲处学得做生意。她是根，她是源，没有这位广东女子，就没有叶成秋。

离开殡仪馆时天下滂沱大雨，水珠落在地上反溅，打伞兼穿雨衣都不管用，满身湿。

我第一次去兜生意亦是个大雨天，带着墙纸及瓷砖样板，希望某建筑师帮个忙，赏口饭吃。那位先生叫我说一说计划，我努力讲了十分钟，他已经听累了，打个哈欠。

打那个时候开始，我觉得自尊不算一回事，上山打虎易，开口求人难，但是与切身利益有关的时候，绝不能听天由命，总得尽量争取，失败也不打紧，有人笑我吗，那不过是他下流。

相由心生，因此外形日益邋遢，也不高兴再打扮，这也是一种保护自己的方法：表明是卖艺不卖身。

我没有开车子出来，站在路边截计程车，一站半小时，也不觉累，一边欣赏白花花的雨景。

"杨小姐。"

是叶家的司机，把黑色大车弯到我这一边来，硬是要载我一程。

我本想去看父亲，奈何身上穿着黑旗袍，爹最恨黑色，我只得回家换衣裳。

到家又不想出来，我摊开图表再度勾出细节，雨仍然没有停，不住倾诉，好几个钟头了，什么话都应该说尽了，但也许她已经有大半生没见到他，而她又确信他仍然爱她，所以还可以说至深夜。

而我没有这种运道，我没有话说，人们爱怎么想就怎么想，我已经老了，且无话可说。

我扭开无线电。

一次陶陶见我听歌，像是遇着什么千古奇闻似的："妈妈，你也听歌？"上了三十，除却吃睡穿，最好不要涉及其他，年轻人最残忍，觉得听歌的妈妈不像妈妈，亏欠他们。

至傍晚雨停止后，我终于买了温室桃子去看父亲。

这一阵子他变了，爱吃爱睡，脾气倒不如从前坏。

他向我埋怨，说腰子痛。

我同他说，大抵是肌肉扭伤，不必担心。

陪父亲吃过饭才打道回府。他如小孩子，一边吃一边看电视，完全认了命，承认癌症是生活之一部分，不再发牢骚，因此更加可悲。

世球找我："出来陪我，之俊，说说话，我需要安慰。"

"到舍下来喝杯龙井吧。"

他驾着敞篷跑车来，也不怕阴晴不定的天气。他们说这便是浪漫：永远与你赌一记，流动，不可靠，没有下一刻、明天、第二年。

我没刻意与他交谈。

他躺在我的按摩椅子里看柔软体操比赛项目，手捧香茶，隔一段时间发表松散的意见，"还是美国选手正路，罗马尼亚那几个女孩子妖气太重"等等，丧母之痛不得不过去，他又做回他自己。

他最新的女朋友是谁？

我问："你真的忘了关太太？"

"什么关太太？"他眼睛没有离开电视机。

真的忘了。

"此刻同谁走？"我又问。

"谁有空就是谁，你又不肯出来。"

语气像韦小宝。

"谁是谁？"我很有兴趣。

他转过头来狡黠地笑："就是谁谁谁。"

他双眼弯弯，溅出诱惑。

"大不了是些小明星。"

"哟，你去做做看。"

我惊觉地闭上嘴，陶陶现在便是小明星，真是打自己的嘴巴。

"怎么，吃醋？"

"啐。"

"你的女儿呢？"

"出去玩了。"

"而你，就这样古佛青灯过一生？"

我微笑："你少替我担心。"

"我们出去玩，之俊，结伴去跳舞。"

"世球，为什么一定要灯红酒绿？"

"我爱朋友。"

"借口。"

"你又何必老把自己关着？"

我笑。

他也笑："两个性格极端不同的人，竟会成为朋友。"

他喝完茶就走了。

我在窗前看世球驾走敞篷车。老天爷也帮他忙，并没有再下雨。

要这样的一个男人成日坐在家中看电视，当然是暴殄天物，他当然还有下一档节目，夜未央，而他每日睡五个小时就足够。

第二天早上，他又来找我，带来一只猪腰西瓜，足足十公斤重，另一瓶毡酒，把一只漏斗的尖端按进瓜肉，一瓶酒全倒进瓜里，说要浸八小时，把我冰箱里所有东西取出，将西瓜塞进去。"我晚上再来。"他说。

晚上他不是一个人来，带着十多个同事，使我有意外之喜，大家是熟人，不必刻意招呼，又吃过饭，便捧出那只精心炮制的西瓜，切开大嚼。

小小公寓坐了十多人，水泄不通，不知谁找到唱片放出轻音乐，气氛居然十分好。

我穿着衬衫运动裤，快活地坐在一角看他们作乐，原来做一个派对的女主人也不是那么困难。

世球过来说："真拿你没法了，还是像罩在玻璃罩中。"

我说："是金钟罩。"

他笑："你还少一件铁布衫。"

我侧耳仿佛听到门铃声，是谁？我走到门边，拉开查看，是陶陶。

"妈妈，你在屋内干什么？"她睁大双眼。

"这像什么？"我笑问。

她像摸错房子似的："这像开派对。"

"是在开派对。"

陶陶笑着进来，她身后跟着那个当代年轻导演。

我向世球介绍："这是我女儿陶陶，这是叶叔叔，叶公公是他父亲。"

世球怔怔地望着陶陶，过半晌才说："叫我罗伦斯好了。"

陶陶笑说："别告诉我叶公公也在此地。"一边拿起西瓜吃。

我连忙说："陶陶，这西瓜会吃醉人，到处是少女陷阱。"

世球看看我，又看看陶陶，仿佛有说不出的话闷在心中。

电影小子紧钉在陶陶身后。

世球同我说:"奇景奇景,没见她之前真不信你会有这么大的女儿,是怎么生下来的?同你似印坯,一模一样。"

我微笑:"不敢当不敢当。"

他兴奋,有点着魔:"你知道你们像什么?两朵花,两朵碧青的栀子花。"

我听过不少肉麻的话,但这两句才是巅峰之作,我受不了,世球年纪不算大,但不知怎的,最爱戏剧化的台词。

陶陶觉得热,随手脱下小外套,里面穿一件露背裙子,整块背肉暴露在眼前,圆润嫩滑,不见一块骨,晒得奶油巧克力般颜色,连我做母亲的都忍不住去捏一捏她的肩膀。

世球看得呆了,我去碰碰他手臂,叫他表情含蓄点,狼尾巴也别露得太显著了才好。

陶陶并非绝色,飞雁不一定会降落地面来欣赏她的容貌,再过二十年她也不过像我这样,成为一个平庸的女人。但她现在有的是青春,像盆栽中刚刚抽芽的嫩枝:光洁、晶莹,绿得透明,使人怜爱珍惜,即使最普通的品种也自有一种娇态,这便是陶陶。

她脸上没有一条表情纹，眼睛闪亮有神，黑白分明，嘴唇天然粉红，绷紧的，微微翘起，手肘指节处皮肤平滑，不见松褶，换一句话说，她如新鲜的果子，怎么会得不引人垂涎。

连每根头发都发散着活力，有它自己的生命，她随便晃晃脑袋，便是一种风景，额角的茸毛还没褪掉呢，这样年纪的女孩子连哭起来都不会难看，何况巧笑倩兮。

世球在说欧洲的旅游经历给她听。

她的导演男友鼓起腮帮子，因镜头被抢而闹情绪，文艺青年哪里是叶世球的对手，门儿都没有。

世球说："驾车游欧洲是最好玩的，但危险程度高。

"在法国尤其得当心，他们开车全无章法，速度快不去说他，又爱紧贴前车，在倒后镜中，可以看到后面司机的眼白。"世球说。

陶陶笑得前仰后合，一头直发如黑色闪亮的瀑布般摇摆。

世球也怔住了，他没想到他说的话有这么好笑，这么中听。

这也是年轻的女孩子吸引男人的原因：每句话每件事

对她们来说，都是新鲜的好玩的，会得引起她们激烈热情的反应。

而我们还有什么是没见过没听过的，只觉事事稀松平常，不值得大惊小怪。

我暗暗感叹，老了老了，有这样的女儿，怎能不老。

那文艺青年的面孔渐渐转为淡绿，我有点同情他，给他一杯汽水。

陶陶笑问我："妈妈，怎么我们以前从来没见过罗伦斯？"

"机缘未来。"我说。

世球说："叶杨两家，是几代的朋友呢。"

到了半夜，客人渐渐散去，陶陶也被她的男友带走。

只余世球，他握着酒杯坐在沙发上，对着客人留下的战绩，仿佛有无限的心事，不语。

过很久他问："你几岁生下陶陶？"

"十七八岁。"

"是怎么生的？孩子生孩子，很痛苦吧？"

"如此良宵，世球，即使你还有精力，也不宜谈这些事。"

"一切困苦艰难，你是如何克服的？"

"世球，我不欲说这些。"

"说出来会好过些。"

"我没有不好过。"

"你太倔强，之俊。"

"世球，一切已成过去，往事灰飞烟灭，无痕无恨，不要多说了。"

他凝视我良久良久，然后说："没有烙印？"

我只是说："没有不愈合的伤口。"

"之俊。"

我打一个哈欠。

世球笑："我这就走。"

"明天见。"

"工作顺利吗？"

"没听见我叫救命，就是顺利。"

"很好。"

"世球，谢谢今天晚上。"

他做一个手势，表示一切尽在不言中。

陶陶第二天一早便来找我，做早餐给我吃。

她梳条马尾巴，穿条工人裤，忙出忙入。咦，已把复古装丢在脑后了？

她说："罗伦斯真是一个好玩的人。"

好玩？这两个字真是误尽苍生，这算是哪一国的优点？一个男人，啥贡献也没有，就是好玩？

"妈妈，其实他不错，你有没有考虑过他？"

"多大的头，戴多大的帽子，我怎么敢考虑他。"我笑。

"他有多大年纪，有没有四十？"

"没有没有，他比我年轻，顶多三十三四。"

"人很成熟。"陶陶说。

"是的。"

我在想，我出世后叶伯伯才结的婚，世球应当比我小一两岁。很多人在这种年纪还蹦蹦跳跳不懂事，我相信陶陶的许导演并不见得比世球小很多，但因环境影响熏陶，世球自小背着做继承人的责任，因此成熟圆滑，与众不同。

"我觉得他真有趣，而且他同叶公公一样，没有架子。"

这倒是真的，绝对是他家的优异传统。

"听说他女朋友很多。"

我诧异："你都知道了？"

陶陶笑："这么小的一个城市，总有人认识一些人。"

"你对他的印象，好像好得不得了。"

陶陶直率地说："是的，这是我的毛病，我觉得每个人都可爱，都有他们的优点。"

是的，直到你上他们的当，被他们陷害、利用、冤枉、欺侮的时候。

年轻人因在生活道路上还没有失望，看法与我们自然两样。

"我要上班了。"

"我去看外婆。"

"你怎么不上片场？"我奇问。

"许宗华生气，臭骂我一顿，开除我，我失业了。"

这小子气量奇狭。

"就因为昨日你同叶世球多说了几句话？"

"是的，他说他吃不消。"

我微笑："不相干，这种男人车载斗量。"

陶陶有点惋惜。

"不知道他会不会把我的演出全部剪掉？"

我心想那更好，谢天谢地。

"陶陶，你这样吊儿郎当的腻不腻？暑假够长了，马上要发榜，要不你找份正经工作，要不去读大学。"

陶陶沉默。

"你也知道这样是过不了一辈子的。"

她听不进去。

当然，她才十七，再蹉跎十年，也不过二十七，仍然年轻，爱做什么就做什么，急什么。

我几乎在恳求了："陶陶，你想想清楚吧。"

"别为我担心，妈妈，暑假还没有过去。"

我在上班途中放下她。

我们这个小组忙了一天。伏在桌子上死画死画，固定的姿势使人全身发硬，起立的时候，发觉腰板挺不直。

这样就做老人了，真不甘心。

助手说，如果我肯去跳健康舞，情形会好一点。

会吗？此刻我也在跳呀，做到跳，被老板呼喝着来跳：一二三、去开会，四五六、写报告，左右左、快赶货，扑向东，扑向西，还原步，少唠叨。

还需要什么运动？

她们都笑。

试都考完了，我与陶陶将同时拿到文凭，你说幽默不幽默，再艰苦的路也会走完的，此刻我只想努力工作，做出个名堂来，以弥补其他的不足。

下班时，母亲说我有封电报在她处。

我问："什么地方发来的？"

"美国加州。"

我心中有数。

"谁十万火急发电报给你？"

"是我去应征工作。"

"那么远。"

"我下班马上来拿。"

不知有多少时候未试过五点整下班，通常都做到六七点，累得不能动了，喝一瓶可乐提提神再来过，在要紧关头，可乐可以救命。

到母亲家是七点，阿一给我碗冰冻的绿豆汤，上海人从来不讲"凉"与"热"这一套，我呼噜呼噜豪爽地喝掉，从母亲手中接过电报，不想她多问，立刻开门去，称有要紧事。妈喃喃骂我学了陶陶那套。

一出门面孔便沉下来，我拆开电报。

"之俊，何必避而不见，一切可以商量，下月我会亲自来见你。英念智。"

我将纸捏作一团，放进手袋。

我心中愤怒燃烧，我最恨这种锲而不舍，同你没完没了的人。

我现在有点明白为什么人要杀人，实在非这样不能摆脱他的歪缠，与其长期痛苦，不如同归于尽。

回到家又把电报读一次，才一把火烧掉。仍然决定不去理他，等他找上门来再说。

这一阵子陶陶也索性不再回来看我眉头眼额，我倒是清静，空白的时间也不知道做什么才好，日日腾云驾雾似的。这样算起来，有心事也是好的，烦这烦那，时间一下子过去：替孩子找名校，为自己创业、读夜课……匆匆十余年。

如今我唯一的心事是父亲的病，而母亲那边，又是另外一个故事。

叶成秋有整整十天没与她见面。

母亲很生气。

"一辈子的朋友，落得这种下场，他老婆撒手西去，仿佛是我害的，内疚不来了，这倒好，天下无不散的筵席。"

我只得往叶公馆跑一趟。

我一直没上过叶家，如今叶太太过世，一切在阴暗面的人都可以见光，我想叶成秋亦不会介意。

叶公馆坐落在本市最华贵的地段，虽说在山上，步行十分钟也就到闹市了。

我这个人最爱扫兴。如果有顾客搬到人迹不到的幽静地带，我便悲观兼现实地问："谁买菜？"用人才不肯去，女主人只得自己开车下山去买，如果是上班的太太，那更糟，简直忙得不可开交。除非是叶公馆这样的人家。

叶府没有装修。宽大的客厅收拾得一尘不染，两组沙发没有朝代，永不落伍，套着浆熨得笔挺的绳蓝边白色布套子。

女用人守规矩，放下茶杯立刻退出，不比咱家阿一，老爱同客人攀交情。

这些大概都是叶太太的功劳，女主人虽然不在了，仍然看得出她的心思气派。

叶成秋出来见我，他脸上露出渴望的神色，我放下心，我怕他讨厌我。

"之俊，你怎么来了？"

我笑着站起来。

"你坐你坐。"

"多日没见你。"

"有多久？"他一怔。

"十多天。"

"这么久了？"他愕然。

他这句话一出口我就觉得母亲的忧虑被证实了，叶成秋的确有心与我们生分。

"母亲生你气。"我也不必瞒他。

他微笑："她那小姐脾气数十年如一日。"

我说："你要节哀顺变。"

他不回答，过一会儿说："我从来没有这样痛苦过，这数年来我一直有心理准备，没想到事情发生之后仍然招架无力。记忆中只有接获葛芬婚讯的那次有这么重打击，我哭了一整夜，那年我二十一岁。"

我大胆地说："现在你们之间没有障碍了。"

"有，有三十多年悠悠岁月。"他很认真地答。

我的心沉下去，我知道母亲无望了。

叶成秋不会向母亲求婚，他们之间的关系至多只能维持旧貌。

反正我又不是为自己说话，不妨说得一清二楚。

"有没有续弦的打算？"

"现在哪里会想到这个。"

这就再明白没有了。

他一直以得不到母亲为憾事，那只是三十五年前的葛芬，与今日的她无关。我们还能要求什么呢，他已经为一个旧相识做了那么多。

我只得说："我们少不了你，叶伯伯。"

"我心情平定下来就来看你们。"他说。

我还能坐下去吗，只得告辞。

这样厚颜来造访也并没有使我得到什么。来之前我也曾经详加考虑，只觉得没趣，来不来都没有分别，他那样的人，如果存心眷顾我们就不必等我们开口，我这般来探听消息也不过是想自己心死：尽了力了，没有后悔的余地。

果然，自叶成秋嘴巴亲口说出，他对我母亲，不会有进一步表示。

母亲以后的日子可尴尬了。没想到吧，一个上了五十岁的女人，还有"以后的日子"，你现在总明白，为什么曹操要无可奈何地说："去日苦多。"

真是不能靠人，人总会令你失望，要靠自己。

我对世球，无形中又冷淡三分。

他同我说，再次上去开会的时候，他会带我去看他祖父的家。

我冷冷地损他："有什么好看，那种银行宿舍，一座木楼梯，上去十多户人家，木地板缝子足足半厘米宽，楼上楼下说句话都听得见，楼上孩子洗澡泼水，楼下就落雨一样。"

世球微微一怔："你倒是知道得很详尽。"

"我当然知道，"我体内父系遗传因子发作，继续讲下去，"你们家的马桶就放在亭子间，你父亲就睡在马桶旁边。"

我狠狠说："不过是你父亲告诉我母亲的，并不是什么谣传。"

到这个时候，世球性格上的优点发挥得淋漓尽致，不介意就是不介意，反正他又没住过亭子间，那是他祖上三代的事，他一概当逸事听。

他居然问："还有呢？"

我心中气叶成秋，一不做二不休："你们叶家穷得要命，唯一吃西瓜的那次是因为果贩不小心，把瓜摔到地上裂开，不得不平卖，于是令祖母称了回家，让令尊令伯令叔大快朵颐。"

"真的？"

"当然，令祖的家训是'白饭细嚼，其味无穷'，令尊常说，他并不希企吃到罗宋汤，只要有罗宋面包已经够了。还有，也不指望有排骨吃，有排骨汤泡饭已经够了。"

世球默然。

我知道自己过分，但正如父亲所说，他们不过是暴发户，为什么不让他们知道他们的出身。

"这么苦？"

"就是这么苦，要不是你外公的缘故，叶世球先生，你自己想去。"

他摸摸下巴："之俊，你熟叶家，比我还多。"

我哼一声："那是你家微时的故事，发迹之后，谁也不知道发生过什么。"

"之俊，今天你生气，你生谁的气？"聪明的他终于发觉了。

我不响。

"那么带我去看你祖父家的屋子。"

"我祖父的住宅已收为公用。"

"那么你外公的家。"

"有什么好看？好汉不提当年勇，没落了就是没落了，迁移到南方后，一切从头开始。你别乐，叫你此刻移民往北美洲，带着再多的资金，也得看那边有没有机会，环境允不允许你，弄得不好，成箱的富格林也会坐食山崩，同我父亲一样。"

"之俊，谁得罪了你？你心恨谁？我帮你出气。"他完全知道毛病在什么地方。

我气什么？

我心灰意冷，我母亲的事轮不到我气，女儿的事亦轮不到我气，我自己的事还似一堆乱草，我能做什么？

我问："几时开会？"

"下个月七号。"

"届时会不会略见凉快？"

"开玩笑，不到九月不会有风，九月还有秋老虎。"

我摇摇头，伸手收拾文件。

"对了，你知不知道？"

没头没脑，我该知道什么？

"关于陶陶？"他试探性地问。

我霍地转身："陶陶怎样？"警惕地竖起一条眉。

"陶陶找我提名她竞选香江小姐。"

我睁大眼睛，耳朵嗡嗡响，呆若木鸡，一定是，我一定是听错了。

他妈的，我的耳朵有毛病。

后悔生下陶陶的日子终于来临。我储蓄半辈子就是为了她将来升学的费用，但是她偏偏不喜读书，出尽百宝来出洋相，一波未平，一波又起。

"之俊，你不反对吧，小女孩就是爱玩，别像是受了大刺激好不好？喂，不会这样严重吧？"

"你已答应她？"

"我见没什么大不了，便签名担保。"

我厉声问："你没有想过，一个十七岁女孩子的名字同一个老牌花花公子联系在一起之后会产生什么后果？"

他也不悦："不，我没有想过，之俊，我认为你太过虑，也许一般人的联想力没有你丰富。"

"表格已经交进去？"

"我不知道，你为什么不去问陶陶？"

我双眼发红："因为她什么都不告诉我。"

"那是因为你什么都反对。"

"可是为什么她专门做我反对的事？"

"她并没有作奸犯科，她所做的事，并无异于一般少女所做的事。"

"我不理她，我发誓我从这一刻开始放弃她。"

"这是什么话？"

我拉开房门。

"之俊，"世球推上房门，"听我说。"

"我的家事不要你理。"

"你今日是吃了炸药还是怎的，刚才还发脾气使小性子，一下子又摆出严母款，你身份太多，几重性格，当心弄得不好，精神崩溃。"

这一日不会远了。

我问他："我该怎么办？"

"陶陶是应当先与你商量的。"

"不用了，她早已长大。"我木着面孔说。

"不要担心，这里头并没有黑幕。尽管落选的小姐都说她们没当选是不肯献身的缘故，这并不是真的。"

我呆呆地坐着。长了翅膀的小鸟终归要飞走，我再不放心也只好故作大方。

"之俊，你太难相处，这样的脾气若不改，不能怪她同你没法沟通，像她那个年纪的孩子，自尊心最强，自卑感最重，心灵特别脆弱。"

我呆呆地看着窗外。他倒是真了解陶陶。

"随她去吧，小孩子玩玩，有何不可？不一定选得上，市面上标致玲珑的女孩儿有很多。"

对。他叶世球应当知道得一清二楚，他每个月都有市场调查报告。

"有事包在我身上。"他拍胸口。

我哼一声："豺狼做羔羊的保证人，哈哈哈，笑死我。"

"我像只狼吗？"世球泄气，"凭良心，之俊，我是狼吗？"他扳住我肩膀，看到我眼睛里去。

我有一丝内疚。

说真的，他并不是。

"之俊，做人要讲良心，我对你，一丝亵渎都没有。"他沮丧地说，"你这样为难我，是因为我对你好。"

"世球。"我过意不去。

"算了。"他解嘲地说，"之俊，你也够累的，能够给你出气，我视作一种殊荣，你不见得会对每一个人这么放肆大胆，我们到底是世交。"

"世球，你的气量真大。"

"男人要有个男人的样子。"世球笑。

世风日下，打女人的男人、骂女人的男人、作弄女人的男人，都还自称男人，还要看不起女人。

我抬起头来说："好吧，你做陶陶的担保吧。"

他眼睛闪过欢愉："谢谢你，之俊。"

"你还谢我？"

"我终于取得你的信任。"

人就是这么怪，他做着耗资上亿的生意，没有人不信他，没有人看不起他，偏偏他就是重视我对他的看法。

"之俊，我们去吃饭。"

"我要去看我父亲。"

"或许我可以在楼下等你，你不会与他一谈就三小时吧。"

"他对姓叶的人，很没有好感。"

"我听说过。"

"我自己到约定的地方去好了。"

"我坚持要接你。"

"世球，我不介意，我不是公主。"

"但是，每一个同我约会的女子，都是公主。"他温柔地说。

这个人真有他浪漫之处。

我心内悲怆，但太迟了，我已习惯蓬头垢面地为生活奔波，目光呆滞，心灵麻木，并不再向往做灰姑娘式的贵妇。

装什么蒜，粉擦得再厚，姿态摆得再娇柔，骨子里也还是劳动妇女，不如直爽磊落，利人利己。

父亲见到我，很是欢喜，如转性一般，急急与我说话。

"快中秋了吧，"他说，"我想吃月饼。"

我还以为他有什么要紧的事，原来是为了零食。

我说："我同你去买苏州白莲蓉。"

"不不，"他连忙摆手，"吃得发闷。"

"那么火腿月饼。"

"我咬不动那个，不如买盒双黄莲蓉。"

什么，我不敢置信，父亲一向最恨广东月饼，扬言一辈子没见过那么滑稽兼夹奇异的饼食：试想想，咸鸭蛋黄夹在甜的莲蓉里吃，他一直说看着都倒胃口，居然还卖老价钱。

到今日，他忽然有意被广东人同化，二十年已经过去，在这块广东人的地方也住了四分之一世纪。

"之俊，"他同我说，"你最近瘦很多。"

"我一向这样子。"

继母过来凑兴："现在是流行瘦，所以之俊看上去年轻。"

"月饼一上市我就带过来，哈密瓜也有了，文丹多汁，生梨也壮。"

没说几句话，父亲就觉疲倦，心灵像是已进入另一空间，微合着双眼。他花斑的头发欠缺打理，看上去分外苍老。

我知趣地告辞。

继母送我出来："他仍说腰子痛。"

"那么记得同医生说。"我叮嘱。

她怪心痛："医药费像水般淌出去。"

我不说什么，过半晌问："为什么灯火这么暗？"

在走廊里看继母的脸，有点浮肿，面目模糊，好像我从来没见过这个女人，也不知如何因父亲的缘故，与她打起交道来。

"我把灯泡给换了。"

"为什么？"

"100 瓦换 60 瓦，省些。"她仿佛不好意思。

"哎呀，哪里到这种地步了。"

"你不知道，最近你爹怕黑，灯火彻夜不熄。"

我不禁又坐下来，与她四目交投，黯然无言。

她轻轻说："他也对我好过。"

像无线电广播剧中女角的独白。

我小时候从未想过上一代也会有这么多恩怨，我原以为只有最时髦的年轻人才配有感情纠纷。

"……也教我讲普通话及沪语，不准我学母亲穿唐装衫裤，叫我别把头发用橡筋束起。当时我在出入口行做书记，不是没有人追求的，但……"

继母声音越来越绝望。

这是我第一次得知她与我父亲结识的过程。

沉默了许久，我问："弟弟呢？"

"去看球赛。"她叹口气，"都不肯待在家里。"

我轻轻说："功课还好吧？"

"父亲不逼着问他们功课，反而有进步。"

弟弟向我诉过苦，父亲对此刻的数理化一知半解，却爱考问他们，他的英文带浓厚的上海口音，他们却带粤音，争个不休。

"你真瘦，之俊，自己的身体要当心，你妈也不煮给你吃。"

我哑然失笑："我也是人的母亲，我也并没有煮给人吃。"

她踌躇半晌，忽然问："你爹，还会好吗？"

我很震惊，不知如何回答，呆在那里。

又过很久，但觉灯光更加昏暗，人更加凄惨，我急于逃避，正式告辞。

跄然逃下楼来，看见世球的笑脸，颇如获得定心丸。心中嚷：叶世球，这一刹那，如果你向我求婚，我会答应，我会答应。

他一打开车门，我就改变主意。他要的是不同风格的玩伴，我要的只不过是休息，跟结婚有什么关系？

哑然失笑。

他说："之俊，你怎么了，忽而悲，忽而喜，七情上面，可惜是一出哑剧。"

我白他一眼。

同他吃饭，不换衣裳是不行的。

我为他套上崭新白细麻纱旗袍。

换罢衣裳出来，他递给我一瓶香水。

我一看，惊奇："狄奥拉玛 [1]。"

"是。"他似做对了事的孩子，骄傲高兴。

"不是已经卖断市不再出产？"我有三分欢喜，"你什么地方找来，又怎么知道我喜欢这味道？"

"山人自有妙计。"

"陶陶告诉你的。"

"嘘，说穿没味道。"

我无奈地坐下来，坦白地问："世球，你真在追求我？"

---

[1] 即 Dior rama，迪奥拉玛。

他又模棱两可，不予作答。

"我知道，你只是想我领略你的追求术。"

他抱着膝头看着我，笑脸盈盈。

同他父亲跟我母亲一样，做长期朋友，莫谈婚姻。

我叹息一声："吃饭去吧。"

在馆子里也不太平，数帮人过来同他打招呼，有两个金头发的洋妇，酥胸半露，老把身体往他膀子上挤，对我视若无睹——

"罗伦斯，找我，罗伦斯，找我呀。"

媚眼一五一十，蓝色玻璃眼珠子转得几乎脱眶而出，我以为只有台湾女人在钓金龟时才有此表情，原来世界大同。

我自顾自据案大嚼，管你哩。

洋的走了来中的，一般地袒胸露臂，肌肉松弛，头发半遮着面孔，企图改善面型，挂满一身水钻首饰，走起路来如铜匠担子。

"好吗，罗伦斯？"半带意外，其实她早三十分钟就看到他，特地补了粉才过来的。

他把她们都送走，坐下来，对我吐吐舌头。

我正自己对着餐牌叫甜品。

"之俊,露些女人味道出来。"

"你放尊重点。"

"恼怒了,是否妒忌?"他大喜过望。

"算了吧,来,选甜品。"

他露出非常失望的神色。

我忍不住笑出来。

这便是叶世球,他喜欢这种游戏,唉。

百忙中我抽空与陶陶相处了一天,因没有功课压迫,她丰满了,大腿比以前更圆润,穿条皱纹的牛仔短裤,一件白衬衫,一双球鞋,背只网球袋,全是廉价货,全副装备在两百元以下,全是本市制造的土产,但穿在她身上,看上去就是舒服畅意。

看见她,气消掉一半。

她用手臂圈住我,叽叽呱呱,一路说个不停,跟我讲,如果竞选不成功,她选择升学,念一门普通的科目。

陶陶同我一样,没有宏愿。

我问她同许导演进展如何。

她答:"他太忙,老担心票房,缺乏幽默感,说话艺术腔，有一大半我听不懂，又爱逼我学习，真吃不消。"

我忽然想念这个文艺青年，人家到底是知识分子，迂腐是另外一件事。陶陶下一任男友，真不知是何德行。

我问："你打算什么时候结婚？"

陶陶奇道："不是要我念书？怎么又说到结婚？"

"有打算是好的。"

"我不知道，我没想过，太远了。结不结都没有问题，"她笑，"我想多认识朋友，多体会人生。"

她眯着的双眼像只小猫。

接着同我说，她又接拍两个广告："外婆与我一齐去签合同，外婆说没问题，外婆说：博士硕士要多少有多少，可是漂亮的女孩子并不很多，埋没了可惜。"

她曾是美女，寂寞一生，下意识想外孙女儿替她出净闷气。

"初赛是什么时候？"我无奈地问。

"下个月七号。"

"我要到上头去工作，不能看你。"

"外婆会陪我。"她安慰我。

我并不很想看，看她的人已经够多，出来这大半天，无论在路上，在店铺，在茶座，都有异性转过头来张望，面对面迎上同性，那更不得了，几乎从顶至踵，连她一根毫毛都不放过，细细端详，不知要从她身上剔出什么错来。

这种注目礼，使我浑身不自然，但陶陶却不觉什么，浑不介意，难道她真是明星材料？

"万一当选，会怎么样？"我问。

"机会很微，听说今年的女孩子水准很高，届时再说。"

"事事自己当心。"我说。

"你放心，妈妈。"

"别太去烦叶世球，到底是外人。"

"罗伦斯并不介意，看得出他是热心人。"

我微笑。对女人，无论是十六或六十岁，叶世球永远有他的风度，那还用说。

接着陶陶就忙起来，她被选入围，日日要随大队操练，学化妆、走路、穿衣服，问我借去大旅行袋，天天扑来扑去。

她外婆陪她瞎起劲不止，连阿一都趁热闹，熬了滋补的汤等陶陶去喝。

她们都嫌我，巴不得我被贬沧州，有那么远去得那么远，少在她们头上泼冷水。

听见我要再出发北上，乐得喜不自禁，全部兴奋不已。

这就是有工作的好处了，我自嘲，没人需要我？工作需要我。

胭脂

伍·

现在流行什么都倒过来做。

这次天气比上次更坏，大雨倾盆，粗如牛筋，白花花地倒下来，不到两天，有一半人患上感冒，苦不堪言。

我当然首当其冲，头上像灌着铅，鼻塞，喉咙沙哑，影响体力，不过还得撑着做。她们教我吸薄荷提神。

不过这一次大家熟络，更似兄弟姐妹，办起事来，效果特佳。

一日下午，世球对我说："之俊，趁空当我与你出去溜达。"

"我想睡一觉，眼睛涩，胸口闷。"

"真没出息，伤风而已，哼哼唧唧，鼓一口气，我带你到一个好地方，保你认为值得。"

人到中年，除非天赋异禀，往往心灵虽然愿意，肉体却软弱了，力不从心。说什么"年纪不重要，心情轻松就可以"等等，都是假话。根本上，我已认为任何新刺激都不再比得上充分舒畅的睡眠。

"我不去。"

"一定要去。"他不放过我，"这是命令，我已租好车子，来回两小时便可。"

"我不信你敢开除我。"

"别挑战我！"他恼怒。

我只得跟他上车。

世球不知从什么地方弄来辆吉普，一路开离市区，往郊外驶去。

开头尚见到脚踏车群，后来人迹渐稀，我昏昏欲睡，一路上唉声叹气，到后来不禁起了疑心。

"去哪儿？"我问。

他狞笑："带你这只懒猪去卖。"

我不在乎，卖得出去是我的荣幸，什么年纪了。不过嘴里没说出来，以免有烂达达[1]之感。

---

[1] 形容散漫不矜持。

我擤鼻涕。

道路开始泥泞，但路边两侧都植有大树，树左旁是一片大湖，水光潋滟，吸引我目光。

"是往地盘？"我问。

"再过二十分钟就到。"

哗，还要二十分钟，我背脊骨如要折断，这个玩笑开得不小。

世球递一只行军的水壶给我，我旋开盖子喝一口，意外地发现是庇利埃矿泉水，心情便轻松起来。

我笑说："我，珍。你，泰山。"

他转头看我："这不是蛮荒，别拿自己的地方来闹玩笑。"

他脸容罕见地严肃，与平日大不一样，我噤声。

车子停在一组村屋前，下车的时候，我几乎抬不起双腿。

雨停了，但隆隆雷声自远处传来，随时会再下雨。

世球与迎出来的当地人交谈一阵，然后过来叫我随他上山。

山！

我仰头看着那行近千级的石楼梯发呆。

世球握我的手拉我上去。我咬咬牙，迈上第一级。

头十分钟我几乎昏厥，气喘如牛，肺像是要炸开来，双膝发软。

世球容忍地等我回过气来。

我心中咕哝：要卖，总也有近一点的人口市场，何苦折磨我。

说也奇怪，继续下来的十分钟，走顺了气，慢慢地，一步一步向上，反而觉得神清气朗，鼻子通顺，头也没有那么重，出了一身汗后，脚步也开始轻。

世球一直拉着我的手，他停下来，向前一指："看。"

我抬头。

在我们面前，是座典型的中国古代建筑物，占地甚广，隐隐的亭台楼阁向后伸展，不知有多少进，都遮在百年大树之中。无数鸟鸣与清新空气使我觉得恍如进入仙境，但毕竟红墙绿瓦都旧了，且有三分剥落，细细观察之下，木梁也蛀蚀得很厉害。

我坐下擦汗。

世球兴奋地问："如何？"

"这是什么地方？"我所知的，不外是祈年殿及太和殿。

世球温和地答："你这个知识贫乏的小女人。"

我只得苦笑："请赐教。"

"这是鼎鼎大名的佛香阁，清康熙四十二年建成，至今有二百八十多年的历史。"

我并没有感动，数百年对我们来说，算怎么一回事。

他带我来这里干什么，难道这是华之杰另一项工程？

"有关方面跟我接触，他们请我们复修这座佛香阁。"

我缓缓站起来，意外得张大嘴。

他？这个锦衣美食的大都会花花公子，竟会动起为大众服务的念头来？

他说："来，之俊，我带你去参观，这曾是帝王公侯避暑的别墅。"

我忘记疲劳，身不由己地随他进入大门，且有工作人员来带引。

来到殿中央，抬头只看见使人眼花缭乱的藻井及斗拱，层层叠叠，瑰丽万分，我感染到世球的兴奋，真的，二百八十多年，还这么堂皇壮丽。

世球一路为我解引："向上看，依次序我们经过的是随梁枋、五架梁、上金枋，左边是穿插枋、抱头梁，过去是角背、脊爪柱，尖顶上是扶脊木与脊垫板。"

我仰头看得脖子酸软。

工作人员甲笑着说出我心中话："没想到叶先生对古代建筑这么熟悉。"

世球永远忘不了向女性炫耀，他用手托住正梁，一一指出："这是额枋，那是雀替，上面是坐斗，那三个分别是正心瓜拱、正心万拱及外泄厢拱，由柱础到拱垫板，起码有三十个以上的斗拱组合。"

听得我头晕眼花，也亏他记性这么好。看得出是真正热爱古代建筑艺术的。

工作人员乙说："内室的悬臂梁已经蛀通，毁坏情形严重。"

甲又说："听说叶先生在大学里做过一篇报告，是有关雀替的演变。"

世球答："是。"

我又被印象骗了。

世球轻声对我说："在交角的地方，雀替是不可缺少之物，由于所在的位置不同，就产生不同的要求，结果就出现各种形式风格的雀替，真要研究，可写本论文。"

"啊。"我朝他眨眨眼。

走到一列雕花的落地长窗门之前，我赞叹手工花式之巧妙，世球两手绕在背后，不肯再说，他气我适才挤眉弄眼。

幸亏员工甲向他说："这一排四抹格扇也残旧了，尤其是花心部分，有数种图案特别容易破，三交灯球、六碗菱花及球文菱花都叫人伤脑筋。"

我们一直走至户外，他们继续讨论屋顶上的整套垂兽，世球真是滚瓜烂熟，什么仙人在前，一龙两凤三狮子四海马五天马六神鱼七狻猊，以至三角顶角上的惹草及悬鱼图案。

世球完全熟行，与他对付女人一样游刃有余。

本事他不是没有的，我一向知道，没想到他肯在这方面用功。

在回程中我真正筋疲力尽，在吉普车上，裹着张毯子就睡着了。

大雨溅在车顶上噼里啪啦如下了场雹子，我惊醒，但两人都没有说话。

隔很久，他问："你不相信我的诚意？"

我答："总得有人留下来，没想到会是你。"

"你肯不肯陪我回来，住上一年半载，与我一起进行这项工程？"世球说。

我沉默。

"怕吃苦？"

"不是。"

"怕我修完佛香阁再去修圆明三园？"他的幽默感又回来。

"也不是。"

"之俊，迟疑会害你一生。"

我不语。

"是否需要更大的保障？"

我笑一笑。

"我不会亏待你，之俊，你是艺术家，长期为生活受委屈对你来说是很痛苦的事，你所希企的白色屋子，我可以替你办到。我知道什么地方有毕加索设计的背椅，以及五十年代法式狄可艺术的写字台。"

然后我就变成第二个关太太，他榜上第一百零三位女朋友。

我说："太累了，这么疲倦，不适宜做决定。"

"女人都向往婚姻。"

"世球，有什么话，明天再说。"

我逃进酒店房间。

第二天肌肉过度疲劳，连穿衣服都有困难，昨天运动过度，萎缩的四肢不胜负荷，今日酸痛大作，脸色惨绿，无论扑多少胭脂，一下子被皮肤吸收，依然故我，一片灰暗。

我不禁淡然地笑，不久之前，还年轻的时候，三天只睡两次也绰绰有余，如今只去行行山，便有这样的后果。

结构工程师在走廊看见我，吓一跳："之俊，你眼睛都肿了，怎么搞的？"

"累呀。"我微弱地诉苦。

"更累的日子要跟着来，"她拍我肩膀，"真的开工，咱们就得打扮得像女兵。"

我赔笑。

在电梯中巧遇世球，他看我一眼，低声问："一整夜没睡？"

我不去理他。

工程师仿佛什么都知道，会心微笑。这早晚大概谁都晓得了，就是不明白怎么叶世球会看得上如此阿姆。

会议完毕，我照例被香烟熏得七荤八素，幸亏一切顺利，增加三分精神，否则晕倒都有份。

助手在张罗代用券，一下不肯歇下来，非得出去逛市场买东西，世球取出最新的旅行支票给她们，换回欢呼之声。

他同我说："你还是回房休息吧。"

瞧，尚未得手就要冷落我。

雨仍然没停，却丝毫没有秋意，街道上挤满穿玻璃塑胶雨衣的骑脚踏车者，按着铃，丁零零，丁零零。

小时候我也有部三轮车，后来叶伯伯花一块半替我买来一只英雄牌按铃，装在扶手上，非常神气，光亮的金属面可以照见脸蛋，略如哈哈镜，但不失清晰。

一晃眼就老了。

"之俊。"

我没有回头："你没有同她们出去？"

"去哪里？"

我回头，一看，却是叶成秋。

再有芥蒂也禁不住意外地叫出来："叶伯伯，你也来了。"

"你把我当谁？"他问。

"当世球呀，你们的声音好像。"

"你没有跟他们出去玩？"

"他们去哪里？"

"去豫园。"

我问："你怎么赶了来？"

"来签几张合同。"他说，"之俊，你脸色很坏。"

每个人都看出来了。

知子莫若父的样子，他玩笑地说："他没有骚扰你吧？"

我笑："这边女将如云，轮不着我。"

"你不给他机会而已。"

我把题目岔开去："你是几时到的？"

"十分钟之前。"

"不休息？"

"身子还不至于那么衰退。来，带你去观光。"

"什么地方？"我好奇。

"我带你去看我的老家。"

我倒是愿意看看是否如传说中般窝囊。

一出酒店大门，叶伯伯那部惯用的黑色轿车驶过来。

咦，噫，有钱好办事。

他对我说："我的老家，在以前的邢家宅路。"

我一点概念都没有。你同我说康道蒂大道、仙打诺惹路，甚至邦街，我都还熟一些。

叶成秋微笑，他知道我想什么。

他精神奕奕，胸有成竹，根本不似年过半百。

到达他故居的时候，天还没有全黑，他领我进去，扶我走上楼梯。

他指着一排信箱说："我第一个认得的字，是陈，有一封信竖插在信箱外，我当时被小大姐抱在手中，顺口读出来，被视为神童。"

"那你们环境也还过得去，还雇得起小大姐。"

他双手插在口袋里，微笑。

"你常来?"

"嗯。"

"为什么?"

"你母亲好几次在此间等我，那时家里紧逼她，我两个弟弟常常在梯间遇见她。"

我不由得帮我母亲说话："小姑娘，好欺侮。"

"后来她终于嫁到香港，我父母松口气。"

"干他们什么事？"

"家里无端端落一只凤凰下来，多么难堪。"

话说到一半，木门打开，一个小女孩边拢着头发边咕哝："这么热叫我穿绒线衫，神经病。"也不朝我们看，自顾自下楼梯。她母亲尴尬地站在门口，忽而看到生人，神色疑惑起来。

叶成秋说下去："这上面有晒台，不过走不上去。"

"我们折回吧。"我忍不住说一句，"你应同我母亲来这里。"

他与我走下楼梯："但是葛芬反而并不像她自己。"

"什么？"这话太难懂。

"她一到香港，时髦得不像她自己，成日学嘉丽斯·姬莉打扮，小上衣，大蓬裙，头上绑块丝巾，我几乎都不认识她了。"

"摩登才好，我一向以她为荣。我一直记得但凡尤敏有的大衣，她也有一件，一般是造寸定做。"

"此刻你站在这里，最像她。"

我有一丝预感，但我一向是个多心的人。

"不，我不像，怎么可能呢？我是三十多岁的人了。我们回去吧。"

在车子里太过静默，我随便找个话题："什么叫洋泾浜？"

"一条河。"

"不，洋泾浜英文。"

"洋泾浜是真有的，"他说，"在英法租界之间的一条小河，填没后便叫爱多亚路，爱多亚便是爱德华，现在称延安东路。"

"啊，那洋泾浜英文是否该处发源？"

"你这孩子。"他笑，"大凡发音不准之英语，皆属此类。"

"你举个例来听听。"

"嗯，像'格洛赛姆'：那一堆书格洛赛姆给我，就是 all together，全部的意思。"

"噫！格洛赛姆。"

"老板差小童去买《NORTH CHINA 日报》，伊就索性问有没有'老枪日报'。这也是洋泾浜英语。"

"真有天才。"我惊叹，"你一定怀念这块地方。"

他耸耸肩，车子已经到酒店。

我问："你与我们一起返港？"

"不，你们先走，世球陪我。"

世球在酒店大堂等我，箭步上来："你这么累还到处跑。"随即看到他老子在我身后，立刻噤声。

我示威地扬扬下巴。

第二天，我们带着底稿回家，要开始办货，压力更大，非世球支持不可，我有点信心不够。

但不能露出来，否则叶世球更要乘虚而入。

家永远是最甜蜜的地方，陶陶在等我，见到我便尖叫"我入选了，我入选了"。

陶陶把一大摞报纸杂志堆在我面前，本本有她的图文，连我都连带感染着兴奋。

她极得人缘，报道写得她很好。略为翻阅，只觉照片拍得很理想，比真人还好看。

我一边淋浴，陶陶便一边坐在浴间与我说话，哗啦哗啦，什么《明报》的记者姐姐赞她皮肤最美，而《明日周刊》下期要为她做封面。

我边听边笑，唉，一个人这样高兴，到底是难得的，我也不再后悔答允她参赛。

决赛是两周之后，她说她拿第三名已经心足。

"他们都说我不够成熟，初赛如果抽到紫色晚装又好些，偏偏是粉红的。"

我随口问："格洛赛姆你得什么分数？"

"嘎？"

我笑，笑自己活学活用。

"妈妈，你不在的时候有人找你找得很急，一天三次。"

"谁？"

"那人姓英，叫英念智。"

香皂失手跌进浴缸，我踩上去，滑一跤，轰然摔在水中，陶陶吓得叫起来，连忙拉开浴帘。

"妈妈，你这副老骨头要当心。"她扶起我。

我手肘足踝痛入心肺，不知摔坏哪里，连忙穿上浴袍。

"妈妈，要不要看医生？"

"不用紧张。"我呻吟。

"真是乐极生悲。"

"陶陶，电话可是本市打来的？"

"什么电话？"

"姓英的那个人。"

"哦，是，他住在丽晶，十万分火急地找你。"

我平躺在床上，右腿似瘫痪。

"我帮你擦跌打酒，阿一有瓶药酒最灵光。"她跑出去找。

阿一初来上海，母亲奇问："你的名字怎么叫阿一？"

阿一非常坦白，说道："我好认第一，便索性叫阿一，好让世人不得不叫我阿一。"

真是好办法。

那时陶陶还没有出世，现在十七岁半了，他们终于找上门来了。

"来，我帮你擦。"

我心乱如麻，紧紧握住陶陶的手。

"妈，你好痛？痛出眼泪来了。"

"陶陶。"

"妈，我去找外婆来。"

"外婆懂什么，你去叫医生。"我额头上的汗如豆大。

"好。"她又扑出去拨电话。

医生驾到，检查一番，颇认为我们母女小题大做，狠狠索取出诊费用，留下药品便离开。

我躺在床上彷徨一整夜，惊醒五百次，次次都仿佛听见门铃电话铃响，坐直身子侧起耳朵聆听，又听不见什么，我神经衰弱到了极点。

到天亮才倦极而睡，电话铃却真的大响起来。

我抓过话筒，听到我最怕的声音："之俊？之俊？"

不应是不成的，我只得说："我是。"

"之俊，"那边如释重负，"我是英念智，你难道没有收到我的电报？"

我尽量放松声音："我忙。"

"之俊，我想跟你面对面讲清楚。"

"电话说不可以吗？"

"之俊，这件事还是面对面说的好。"

"我认为不需要面对面，我的答案很简单：不。"

"之俊，我知道你很吃了一点苦，但是这里面岂是真的毫无商量余地？"

"没有。"

"见面再说可以吗？我是专程来看你的，你能否拨十分钟出来?"

推无可推,我问:"你住在丽晶?"

约好在咖啡厅见面。

我大腿与小手臂都有大片淤青,只得穿宽大的工作服。

我准时到达。我一向觉得迟到可耻,但是我心胸不够开展,容不得一点事,于此也就可见一斑。

他还没有下来。

我自顾自叫杯茶喝。

我心中没有记仇,没有愤恨,没有怨怼。英念智对我来说,跟一个陌生人没有什么两样,但是他提出的要求,我不会答应,除非等我死后,才会有可能。

我呆着面孔直坐了十分钟,怎么,我看看表,是他退缩,是他不敢来?不会吧。

刚在犹疑,有位女客过来问:"请问是不是杨小姐?"

她本来坐另一张桌子,一直在我左方。

我不认得她,我点点头。

她松口气:"我们在那边等你,"她转过头去,"念智,这边。"

我跟她的目光看过去,只见一个微微发胖的中年男人急急地过来。

我呆视他，我一进来这个人就坐在那里，但我没有注意他，我压根儿没想到这个人会是英念智。

怎么搞的，他什么时候长出一个肚腩来，又什么时候秃掉头发，当年的体育健将怎么会变成这个样子？

我错愕到失态，瞪大眼看着他。

他很紧张，赔笑说："我们在那边坐，我是觉得像，但不信你这么年轻。"一边又介绍说，"这是拙荆。"

拙荆？哦，是，那是妻子的意思。老一派人爱来这一套，小犬、内人、外子之类。

他如何会这么老了？完全是中年人，甚至比叶伯伯还更露痕迹。

我不由得做起心算来，我十七时他二十七，是，今年有四十五岁了。

他们夫妻俩在我面前坐下，显然比我更无措，我静下心来。

"之俊，"英念智搓着双手，"你看上去顶多二十八九岁，我们不敢相认。"

我板着脸看他的拙荆。

"真的，"英妻亦附和，"没想到你这么年轻。"

她是个很得体的太太，穿戴整齐，但你不能期望北美洲小镇里的女人打扮得跟本市妇女一样时髦。大体上虽然不差，但在配件上就落伍，手袋鞋子式样都过时。

英念智嗫嚅许久，终于开口："孩子叫什么名字？"

"叫陶陶。"我答。

那太太问："英陶？"

"不，杨陶。"

"之俊，我已知道是个女孩子，我能否见一见她？"

"不。"

英念智很激动："她也是我的孩子。"

我冷静地看着他："五年前，当你知道你不能生育的时候，她才开始是你的孩子。"

"胡说，之俊，在这之前，我根本不知道你怀有孩子。"

"以前的事，多讲无谓，"我斩钉截铁般说，"陶陶是我的，事情就这么简单，等我死了，陶陶才可见你。"

"之俊，你何必这样说话，何苦这样诅咒自己。"

我受不了他的婆妈，打断他："我已经把话说完，你把官司打到枢密院去我也是这么说。"

"我到底是孩子的父亲！"

"孩子的父亲可以是任何人。"我毫不动容。

"或者她愿意见我。"

"你凭什么认为她愿意见你？"

"我是她父亲。"他说来说去只此一句。

"但是她从来没见过父亲，也绝无此需要。"

"你大概已经告诉她我已得病身亡了吧？"

"我没有那么戏剧化。"

英妻连忙打圆场："我们不要吵。"

我对她之大方颇具好感，但必须申明："我不过是有话直说，要我把陶陶交出来，绝无可能。"

三个人沉默许久。

咖啡座阳光很好，玻璃窗外海景迷人，但我们都没有心情去欣赏。

过一会儿，英太太缓缓说："我与念智都是四十余岁的人了，不能生育，叫我们放弃这孩子，是很残忍的事。"

我冷冷地说："这地球上有多少没有人要的孩子，心境宽广的人可以人弃我取。"

"但谁不偏爱自己的骨肉？"

"说得好，陶陶由我一手带大抚养，有我十八年的心血辛劳，我并不打算向任何人诉苦，但你们可以想象一个十八岁的未婚母亲要经历些什么才可以养育她的孩子成人。"

他们两夫妻并不是坏人，脸上露出恻然之色。

英念智更用双手蒙着脸。

我轻声说："你们就当这件事没发生过。你现在是堂堂的英教授，在学术界也很有点名气，闹上公堂，大家不便，你也看得出我是不会放弃陶陶的，她是我唯一的乐趣，她是我的一切，我并没有结婚，我一直与她相依为命。"

我越说越老土。

英太太说："他到底是孩子的爸爸。"

"孩子是孩子，她爸爸是另外一个人，她母亲也是另外一个人，请勿混为一谈。"

"之俊，没想到你这么新派，这么坚决，"英太太忍不住说，"我原以为，你同我们差不多年纪，思想也与我们差不多，这件事情，还有转弯的机会。"

早就没有了，早在我决定把陶陶生下来，一切苦果自身担当的时候，已经没有任何余地。

我看着英太太："你呢，你怎么会同他在这里，你担任一个什么角色？"

她容忍地微笑："我爱我的丈夫。"

"呵，他真是个幸福的人。"我拿起手袋，"我有事，得先走一步。"

"之俊，"英太太像个老朋友似的叫住我，"之俊，你总得让我们见见她。"

我微微一笑："不。"

"之俊。"

我向他们点点头，便离开他们的桌子。

我并没有立刻打道回府。

我在附近商场逛了很久，冷血地，平静地，缓缓挑选一条鳄鱼皮带来配衬冬天的呢裙子。

刚才我做得很好。扪心自问，我一点不气，一点不恨，一点不怒。叫我交出陶陶，那是没有可能的事。

自五年前他就走错第一步，他不该来封信要求索回陶陶，我聘请大律师回复得一清二楚，他毫无机会获得领养权。

于是他又自作多情，以为我恨他，伺机报复。十八年后，那怨妇，那得不到爱情的女人终于有机会跟那负心汉讨价还价了。

不不不，事情不是这样的，母亲与叶伯伯最明白不过，从头到尾，我没有爱过英念智，亦没有恨过他。

人最大的毛病是以为爱的反面即是恨。

恨的世界，人人恨得脸色灰败，五脏流血，继而联想到，我之不婚，也是为着他。五年来，他渐渐自我膨胀，认为远处有一个怨女直为他糟蹋了一生。

他中了文艺小说的毒。

十八年来我很少想到他，只怕失去陶陶，同时为他不停的骚扰而烦恼，我庆幸今日终于摊了牌。

这件事，有机会，我会同陶陶说。

我致电华之杰，私人秘书告诉我，叶成秋隔几天才回来。

我去探望母亲。

母女俩情绪同样的坏。

都是为着男人，过去的男人，此刻的男人，你若不控制他们，就会被他们控制。

她说："看你这种神色，就知你见过英念智。"

"是的。"

"他仍然企图说服你？"

"还带着妻子来，老太多了，我没把他认出来。"

母亲忽然说："你有否发觉，除去香港，其他地方都催人老，好端端的女孩子，嫁到外国不到三年，便变得又老又胖又土，怎么回事？"

确有这个现象。

即使去升学也未能免俗，生活其实很苦，吃得极坏，但是一个个都肥肿着回来，村里村气，有些连脸颊都红扑扑，更像乡下人。

我说："健康呀。"

"可是也不必健壮到那种地步，他们到底在外国干什么，砸铁还是担泥？"

大概要请教英念智。

"香港人脑细胞的死亡率大概占全球之冠，"我说，"特多苍白厌世的面孔，很少有人胖得起来。"

母亲端详我："你也是其中一分子。"

"习惯。虽非工作狂，出力办事时也有份满足感，蹲在厨房洗盘碗也容易过一日，不如外出拼劲。"

"在我那时候，年轻女人并没有什么事可做，"母亲叹息说，"幼稚园教师或许，但非常腌臜。"

她与爹都不肯自底层开始。也难怪，那样的出身，目前已经是最大委屈，低无可低。

母亲说："如果十八年前一个电报把英念智叫回来，你的一生便得重写。"

"你以为一个电报他会回来？"我淡然说，"他若这么简单，也不会在白人社会中爬到今日的地位。"

"你一直没有后悔？"

这叫我怎么回答。

我若无其事地说："没有空，即使往回想，顶多想至上两个月已经睡着。"

母亲静默一会儿："我却能够一追推想到四十年前，"她叹息一声，"幼时陪你外公观京剧，什么武生杨小楼、老旦袭云甫、青衣王瑶卿及梅兰芳、小生德珺如、刀马旦九阵风、丑生王长林……之俊，我这生还没有开始就完结了。"

我拍一拍沙发垫子，无奈地说："不是每个人都可以名留青史的。"

"至少你投入过社会，即使做螺丝钉也出过力。"我微笑，"女人在社会上也不只是螺丝钉了。"

她看着窗外发呆。

我说："在家待着，比较经老。"

"才怪，有事业的男女才具风华。"

"陶陶呢？"

"忙彩排。"

"有无内定？"

"她的分数很高，其他女孩说内定是她，可是她却说机会均等。"

"那些女孩子好不好看？"

"真人一个个粉妆玉琢，即使五官不突出，身材也高大健硕，都有资格选美腿皇后。"

我笑："给你你选谁？"

答案自然是："陶陶。"

有位专栏作者说陶陶特别亲善人方，说话极有条理。

她？

我茫然，难道陶陶遇风而长，一接触社会就成熟？

我回华之杰办公。

宽大的绘图室只有我一个人，小厮替我做一大杯牛奶咖啡，我慢吞吞地琢磨酒店床单的质量。

室内光线很柔和，叶成秋说的，如今很多中年女人当权，务必使她们在办公室内觉得舒适，千万勿令她们担心光线使皱纹显露。

"之俊。"

我在旋转椅上回身。

是英念智的妻子，她居然摸上门来。

我忍不住露出戒备及厌恶的神色，这个女人对丈夫愚忠，很难应付。

"工作环境真好，之俊，你真能干。"

她一直捧我，不外是要争取我好感。

我不出声。

她耸耸肩："我知道你不喜欢我。"自己坐下来。

她忽然看到我放在案头的照片。

"是陶陶？"她取起看，"啊，这么大了，这么漂亮，是的，是该让念智痛苦后悔，他没有尽责任，他……"

"看，英太太，我正在忙。"我逐客。

她放下相架。

她握着双手，指节很大很粗，二十年家务下来，一双手就是这个样子。我发觉她脸上搽的粉比皮肤颜色浅一号，像浮在半空，没有接触，在超级市场架子上买化妆品往往有此弊端。

"有秋意了。"她尚无离去之意。

我放下铅笔："你到底想怎么样？"

她说："这次念智回来，是应大学礼聘，当一年客座。"

"啊，大把时间与我争陶陶，可是这意思？"

"之俊，念智并不失礼陶陶呀，他有正当职业，拿美国护照，我们在彼邦有花园洋房，两部汽车，陶陶要是愿意，可以立刻由我们办理升学手续。"

我尽量冷静："陶陶不需要这些。"

"你问过她吗？"

"她的大学学费，我早给她筹下，她不爱去西部小镇垦荒，要去，将来会到蒙古利亚去。"

"你真浅见，之俊，孩子总得趁现在送出去，否则她会怨你。"

我站起来："英太太，我送你出去，我看你是忘记电梯在哪儿了。"

我自高凳上跳下，为她推开绘图室大门。

"之俊，把她交给念智，她便可以享现成的福，我们在美国什么都有。"

是，什么都有，去污粉、抽水马桶、阳光、新奇士、跳蚤、十三点。

"英太太，你有完没完？"我都几乎声泪俱下。

她惋惜地看着我，一副"朽木不可雕也"的表情，终于不得不离开。

她应该在花旗国旅游协会当主席。

我吁出一口气，点上一支薄荷烟，喝口咖啡。

"妈妈。"

"咦，陶陶，你怎么来了？"

我紧紧握住她的手。

她穿件利工民线衫，工人裤，长发挑出一角，用七彩橡筋扎着条辫子。

身后跟着个小姑娘，一看就知道是记者，打扮朴素，相机布袋。

我表情转得挺快，马上替她们叫饮料，一边问："陶陶，不是不让你们接见记者吗？"

"没有关系，"陶陶机智地说，"这位钟姐姐会把访问写得似路边社消息一样。"

我张大嘴，啊，陶陶这么滑头。

钟小姐像是对我产生莫大兴趣："杨太太，真没想到你这么年轻。"

陶陶笑着更正："我母亲是杨小姐。"

记者问："可否让我拍张照片？"

"不不不，"我害怕，"我不习惯。"

"妈妈。"陶陶恳求，"没关系，生活照。"

陶陶已经用手搭住我肩膀，把咖啡杯搁我手中，逗我说话："看我这里，妈妈，别紧张。"

我把脸侧向她那边，说时迟那时快，钟小姐按下快门，拍了十余二十张照片。

陶陶完全是个机会主义者，精灵地卖乖："谢谢钟姐姐，妈妈，钟姐姐对我最好最好。"

她比我还在行呢。

记者问："你是杨陶的提名人？"

"不是。"

"你不赞成？"

"不，我当然赞成，但我没有提名陶陶。"

"谁是她的提名人？"

这不是访问吗，将来都会黑字白纸地出现在刊物上，供全市市民传阅，我犹疑起来。

"听说是叶世球是不是？"

这是事实，我只得说："是。"

钟小姐追问下去："府上同叶先生有什么关系？"

陶陶抢着说："我们两家一直是朋友。"

"华之杰公司是叶氏的产业？"钟小姐又问。

我连忙说："不如谈谈陶陶本人，好不好？"

"身为杨陶的母亲，你认为她是不是最漂亮的女孩子？"

我禁不住看着陶陶笑："漂亮倒说不上，但很少有人穿几块钱一件的 T 恤在清晨七时看上去如她那么精神。"

钟小姐也笑："这句话可圈可点。"

陶陶拖着我的手："妈妈，我们先走一步。"

钟小姐说："再让我拍几张独家照片。"

陶陶做出为难的样子来："拍多了要起疑心的。"

那个钟小姐也很明白，笑笑地收好相机。

陶陶与她一阵风似的卷走。

没想到陶陶这么会应对，这么会讨人欢喜，这么人小鬼大。

我可以放心了。

坐在高凳上，我惊喜交集。

我脱身了，我终于自由，陶陶已能够单独生存，不再需要我一寸一寸地呵护，做母亲的职责暂告一段落。十多年来的担子卸下，现在我有大把时间，我连忙找来面镜子，照着面孔：还不太老，还没有双下巴，眼袋尚不太显，头发也乌亮。

这可以是一个新的开始，我要趁此良机做回我自己，让我想，我是在什么地方放下我自己的？现在可以拾回来，接驳住，做下去。

我还在盛年，著名的花花公子也被我吸引，事情还不太坏，每朵乌云都镶有银边，陶陶长大后固然要离我而去，但这未尝不是好事。

让我想，我至大的愿望是什么？

我兴奋地取出胭脂盒子，打开来，用手指抹上颜色，往颊上敷，橘黄色已经过时，听说现在流行玫瑰紫，要记得去买。

十六七岁的时候，我最大的梦想是随国家地理杂志协会私奔，去到无边无涯的天之尖，海之角，追求浪漫的科学家，与他们潜至海洋至深处与水母共舞，或是去到戈壁，黄沙遍野，找寻失落的文明，还有在北冰洋依偎观察幻彩之极光……

我也曾是个富幻想的孩子，然而刹那芳华，红颜转眼老，壮志被生活消耗殆尽，如今我"成熟"了，做着一切合规格的事，不再叫父母担心，旁人点头称善，认为我终于修成正果，但我心寂寞啊！

现在我已经没有身份，我又不是人妻，母亲与陶陶三番五次嘱我少管闲事，我爱做什么就可以再做什么，大把自由。

可怜已受束缚太久，一时不知如何利用机会。

慢慢来，我放下镜子，之俊，我同我自己说：慢慢来，莫心焦。

我伸个大大的懒腰，深呼吸，坐下来，拾回铅笔。

我的顿悟在这一刹那。

我与陶陶的照片及访问不久就出现在杂志上。

母亲最兴奋，全剪下来，贴在纸簿上。

她已经为陶陶储满两大本。

陶陶最近一到家就争取睡眠，像只粉红色小猪，缠着毛巾被，打雷都不醒，睡姿可爱，令我忍不住尚要紧紧搂住她深吻。

母亲说："你表现大佳，与陶陶很合作。"

"我看开了，我总得支持她，"我放下剪贴簿，"条条大路通罗马，不一定要读大学，文凭也不一定万岁，最要紧是她开心。"

"哟，怎么忽然这么通情达理？"

我指指脑袋："想破头才得道的。反正读书是唯一在年老时做更能获得赞赏的事，与其临老出风头、谈恋爱，不如趁年轻做妥，老了可以大大方方，舒舒服服进学堂。"

"现在流行什么都倒过来做。"母亲说，"先结婚生子，再专心事业，最后才进修，有什么不好？没有法律限死事事要顺序。"

陶陶忽而自沙发跃起，哈哈大笑，一边拍手："好了好了，妈妈终于站到我这边来了。"

我啼笑皆非。

陶陶进行决赛那夜，我那张票子作废，我没有出席。

父亲进医院再度接受检查，发觉癌细胞扩散到肝部。医生说："他尚有六个月。"

我受过度震荡，双手抓紧病床的铁柱，眼看指节用力过度而发白，魂魄悠悠离身躯而去，默然飞返苍白的童年。

阿一催我："叫爸爸。"

我总不肯叫。那个发蜡惊人地香的男人，并不与我们同住，他是我父亲？

小学二年级作文，在日记一则中我这样写："每星期天，我由一姐带着去看父亲，父亲住在北角，需要乘车二十分钟。"被作文老师讥为无稽。

也难怪，那时不作兴离婚。

当全班得悉我不与父亲同住的时候，年幼的我颇受歧视，同学都不肯与那身世奇突的上海妹玩耍，我处于被孤立状态，恨父亲，也恨母亲。

在病床上，父亲接受注射后昏睡，表情有点痛苦，枕头上仍然散发那股熟悉的香味，十多岁时我一闻到便会缩鼻子皱眉头。

他仍是我父亲，无论怎么样，他还是我父亲。

继母痛哭，眼泪鼻涕齐下，她的恐惧是真实的，如一般倚赖男人为生的妇女，丈夫便是主宰。她的时间卖于家庭，福利要靠双手把握机会去捞，并没有劳工保障。

我很同情她。她把身子紧紧靠着我，像在大海中遇溺，抓住浮泡一般。

我去银行取出存款，这原是陶陶的大学学费，没奈何，也得暂且挪动。

忽而想起从前有一位同事，向往赴欧旅行，多年辛劳储蓄，结果长辈逝世，一笔勾销，她曾苦笑对我说："这是什么时势，死人都死不起。"

款子交到继母手中，她泪眼昏花地感激，并说："你父一定还有若干金子，你去问他要，他不会不说，他应该交给你的。"心乱话也乱。

陶陶荣获亚军，在我心中也就没有引起太大的波动。

她一夜成名。

母亲名正言顺成为她的顾问，她似获得重生，活力充沛。

我与叶成秋一起观赏决赛夜的录影节目。

"唉，"叶成秋一边笑一边叹息，"这便是我的小陶陶？穿起旗袍来堪称风华绝代，哎呀哎呀。"

他并不介意陶陶对外表扬叶杨两家的深切交情。

陶陶太知道什么可加利用，使她更加突出。

　　叶成秋并不是首席富豪，但到底开着宝号做着生意，是个殷实商人，有这样的后台，会增加陶陶的社会地位。

　　浓妆下的陶陶明艳照人，有一场歌舞，由她担任主角，穿着如泳装般暴露的亮片舞衣，跳出热舞，动作不是不猥亵的，但不知怎的，由她来做，只觉三分性感，七分天真，一点也不肉麻。

　　她并不懂唱歌，五音不全，不过是哼哼，但谁在乎？那么修长圆润的大腿，那么可爱的面孔，粉妆玉琢的一个青春玉女，向你呈现她最好的天赋，观众还能怎么样？

　　我看得很是激动，这一刹那，连我都被她迷倒了。

　　叶成秋告诉我："那夜世球去负责接送。"

　　我不出声。

　　"之俊，冠盖满京华，"叶成秋笑，"你何故独憔悴？"

　　"我父亲的病……"

　　"不独是因为你父亲，这些年来，你一直没有原谅你自己。"

　　我怔怔地笑："这话越说越玄，我干吗不原谅自己？天下人都会来不及地为自身开脱，我还没见过不急急原谅自己的人。"

叶成秋凝视我："自从英念智离开，陶陶出生之后，你就巴不得往头上套只面粉袋做人，哪个男人肯多看你一眼，你就双眼放出毒箭；谁要是胆敢碰你一下，你就得取出小刀子捅人；人约会你，你当是侮辱；跟你说笑，你就要痛哭。为什么？之俊，你要完全孤立自己，钻在牛角尖内？"

过很久很久，我说："我怕。"

"不必怕成那样。"

我怕一放肆就成为老来骚，老得起了茧了还到处惹笑。

我用双手掩着面孔。

"这也是你的惯性动作。"叶成秋拉开我的手。

他说得对，无论是兴奋、悲伤、疲倦、紧张，我都会用手去遮住面孔，像一些人啃指头，是个没有自信的动作。

因此我不能化妆，用手一擦，就糊掉，怎么上粉呢？

我强笑："叶伯伯现在才要改造我？"

他看着我，良久不作声，眼神中有许多怜爱的神色。他说："不，你这样很好，难得看到一个虚心的女子，此刻本市充塞着有野心无才能的女人，我情愿你像你这样。"

我苦笑。

"你不能再瘦了。"他起来关掉电视机。

我说:"撇开我体重不说,你有什么计划没有?"

"我老了,之俊。"

"没有,你没有。"

他仰起头笑:"我又何尝肯认老,岁月不饶我有什么办法,晚上睡慁了,脸上被枕头压到的凹纹至中午尚不退,皮肤已失却弹性,我嘴里不认老有什么用?我体内器官可不与我合作。"

我失笑,没想到他会形容得这么细致及真实。

他说:"我已在温哥华买好地皮,要告老退休,这里,这里留给世球。"

"你会习惯?"我诧异地问,"你在这数十年来一直带动近千人劳动,你预备退休?"

他缓缓地说:"我有我的打算。"

"可以告诉我吗?"

"我想再婚。"

我的眼睛亮起来,一切愁苦不驱自走,我兴奋地说:"真的?你打算婚后到外国去开始新生活?"

呵,我怪错他,他是有诚意的,母亲终于苦尽甘来。

叶成秋没有回答我,他斟了杯白兰地喝一口。

琥珀色的酒在水晶杯子里闪闪发亮，煞是好看。

"地皮有多大？世球替你设计屋子？"十万个问题，"不要盖那种传统式平房，款色要别致：长而高的落地窗，不用窗帘，房间要很大很大，所有家具都抛在中央，每人都可以有一间睡房一间书房以及浴室……"

"之俊，你会为我做室内设计吗？"

"当然，叶伯伯，当然，"我跳起来，"我等这一日已经等了良久，你告诉我母亲没有？"

他看着我。

"这一刻终于来临，"我笑，"你反而不知道怎么开口？"

"之俊。"

"什么？"

"我再婚的对象，并不是葛芬。"

他的声音很镇静，像是操练过多次，专等此刻公布出来。

我一听之下，无限欢喜变成灰，犹如一盆冷水当头倾下来，整个人呆住。

是什么人？不是母亲是什么人？是哪个电视台的小明星，抑或是新晋的女强人？

听叶成秋的口气，似乎在这位新夫人进门之后，一切还可以维持不变，但我深切地知道，他再婚之后，我们姓杨的女人，再也难上他叶家的门。

我忽然间觉得索然无味，低着双眼不出声。

"之俊。"他像是有心叫我知道，好让我把话传给母亲，免他自己开其尊口。

"之俊，我心目中的对象，是你。"

我霍地站起来。

我？

我。

震荡之余，是深切的悲哀，我做过些什么，以致招惹这么大的羞辱？先是叶世球，后是他父亲，都对我表示想拿我做情人。

我别转面孔，但脖子发硬，不听命令。

我想说，这是没有可能的事，但叶成秋不同其他男人，我得另议一个更好的理由。

怎么会呢？他怎么会提出这么荒谬的要求？自小到大，我把他当父亲一样看待，事情怎么会崩溃到今日这般局面？

是不是我的错？我太轻佻？我给他错觉？

自始至终，他是我最敬爱的长辈，他在我心目中，有最崇高的地位，他是我四季的偶像，不落的太阳，他怎么可以令我失望？

忽然之间，我愤怼填胸，一股前所未有失落的恐惧侵袭我心。在这世界上，你不能相信任何人，真的不能相信人，你最看好的人便要了你的命。

我气得溅出眼泪来。

是，我做人不成功，我尚未成精，我不够成熟，我不能淡淡的，连消带打漂亮地处理掉这件事。

我从头到尾是个笨女人。

我又用手掩住面孔，我又掩住面孔，我也只会掩住面孔。

我连拔足逃走的力气都没有，我头晕。

叶成秋递给我手帕。

他镇静地说："之俊，你的反应何必太激？对于一切的问题，答案只有两个：是，与不。"

他说得很对，我一向把他的话当作金科玉律，我太没有修养，我必须控制自己。

我抹干眼泪，我清清喉咙，我说："不。"

"有没有理由支持这个答案？"

我说："母亲……"

"她知道，我昨天向她说过。"

我更添增一分恐惧："她知道？她没有反应？"

"她说她早看出来了。"

我后退一步。

"之俊，"叶成秋无奈地笑，"你的表情像苦情戏中将遇强暴的弱女，这究竟是怎么一回事？我像个老淫虫吗，我这么可怕？这么不堪？"

我呆呆看着他，想起幼时听过的故事：老虎遇上猎人，老虎固然害怕，猎人也心惊肉跳。

在这种歇斯底里的情绪下，我忽然笑了起来。

叶成秋松口气："好了好了，笑了，之俊，请留步，喝杯酒。"

我接过白兰地，一饮而尽，一股暖流自喉咙通向丹田，我四肢又可以自由活动了。

人生真如一场戏。该上场的女主角竟被淘汰出局，硬派我顶上。

我终于用了我唯一的台词："这是没有可能的。"

叶成秋笑："你对每个男人都这么说，这不算数。"

我气鼓："你凭什么提出这样无稽的要求？"

"我爱你，我爱你母亲，我也爱你女儿。之俊，如果你这辈子还想结婚的话，还有什么人可以配合这三点条件？"

我看着他，不知怎么回答，这个人说话一向无懈可击。

过半晌我说："你也替我母亲想想。"

"对我来说，你就是你母亲，你母亲就是你。"

"强词夺理。"我冷笑。

"我一直爱你。"

"我需要的是父爱，不是这种乱伦式的情欲！"我愤慨。

"你言重了，之俊，"他也很吃惊，"我没想到你会有这不可思议的念头。"

"你才匪夷所思。"

他只得说："之俊，你看上去很疲倦，我叫车子送你回去。"

"我不要坐你家的车子。"

他无奈地站着。

我问自己：不坐他的车就可以维持贞洁了吗？数十年

下来，同他的关系千丝万缕，跳到黄河也洗不清。

我叹口气："好的，请替我叫车子。"

我原想到母亲家去，但因实在太累，只得作罢。

这个晚上，像所有失意悲伤的晚上，我还是睡着了。

做了一个奇特的梦。

我与我母亲，在一个拥挤的公众场所，混在人群中。

看仔细了，原来是一个候机室。母亲要喝杯东西，我替她找到座位，便去买热茶。到处都是人龙，人们说着陌生的语言，我做手势，排队，心急，还是别喝了，不放心她一个人在那里，于是往回走。

走到一半，忽然发觉其中一个档口没有什么人，我掏出美元，买了两杯热茶，一只手拿一杯，已看到母亲在前端向我招手。

就在这个时候，有四五条大汉嬉皮笑脸地向我围拢来，说些无礼的话。

我大怒，用手中的茶淋他们，却反而溅在自己身上。

其中一个男人涎着脸来拉我的领口，我大叫"救我，救我！"，没有人来助我一臂之力，都是冷冷的旁观者。

在这个要紧关头，我伸手进口袋，不知如何，摸到一把尖刀，毫不犹疑，将之取出，直插入男人的腹中。

大汉倒下，我却没有一丝后悔，我对自己说：我只不过是自卫杀人，感觉非常痛快。

闹钟大响，我醒来。

这个梦，让弗洛伊德门徒得知，可写成一篇论文。

我一边洗脸一边说：没有人会来救你，之俊，你所有的，不过是你自己。

我要上母亲那里，把话说明白。

胭脂

陆·

噫，胭脂是女人的灵魂呢。

我大力用刷子刷通头发，一到秋季，头发一把一把掉下来，黏在刷子上，使它看上去像只小动物。

陶陶来了，已夸张地穿着秋装，抱着一大摞画报，往沙发上坐，努着嘴。

我看这情形，仿佛她还对社会有所不满，便问什么事。

"造谣造谣造谣。"她骂。

"什么谣？"

"说我同男模特儿恋爱，又说我为拍电影同导演好。"

她给我看杂志上的报道。

我惊讶："这都是事实，你不是有个男朋友叫乔其奥？还有，你同许导演曾经一度如胶如漆。"

"谁说的？"陶陶瞪起圆眼，"都只是普通朋友。"

我忍不住教训她："你把我也当记者？普通朋友？两个人合坐一张凳子还好算普通朋友？"

"我们之间是纯洁的，可是你看这些人写得多不堪！"

"陶陶，不能叫每个人都称赞你呀。"

"妈妈，"她尖叫起来，"你到底帮谁？"

我啼笑皆非。

她已经染上名人的陋习，只准赞，不准弹，再肉麻的捧场话，都听得进耳朵，稍有微词，便视作仇人。

我同她说："陶陶，是你选择的路，不得有怨言。靠名气行走江湖，笑，由人，骂，也由人，都是人家给你的面子，受不起这种刺激，只好回家抱娃娃。名气，来自群众，可以给你，也可以拿走，到时谁都不提你，也不骂你，你才要痛哭呢。"

她不愧是个聪明的孩子，顿时噤声。

"够大方的，看完一笑置之，自问气量小，干脆不看亦可。这门学问你一定要学，否则如何做名人，动不动回骂，或是不停打官司，都不是好办法。"

她不服帖："要是这些人一直写下去，怎么办？"

"一直写？那你就大红大紫了，小姐，求还求不到呢，你倒想，"我笑，"你仔细忖忖对不对。"

她也笑出来。

我见她高兴，很想与她谈比较正经的问题。

她伏在我身边打量我："妈妈，你怎么搞的，这一个夏天下来，你仿佛老了十年。"

我说："我自己都觉得憔悴。"

"买罐名贵的晚霜擦一擦，有活细胞那种，听说可以起死回生。"

"别滑稽好不好？"

"哎呀，这可不由你不信邪，我替你去买。"

"陶陶，这些年来，你的日子，过得可愉快？"

"当然愉快。"

"有……没有缺憾？"

"没有。"

"真的没有？"

"没有。你指的是什么？"

"你小时候，曾问过我，你的父亲在哪里。"

陶陶笑："他不是到外地去工作了吗。"

"以后你并没有再提。"

陶陶收敛表情，她说："后来我明白了，所以不再问。"

"你明白什么？"

"明白你们分手，他大约是不会回来了。"陶陶说得很平静。

"一直过着没有父爱的生活，你不觉遗憾？"

"世上没有十全十美的生活，你所没有的，你不会怀念。"

她竟这么懂事，活泼跳脱表面下是一个深沉的十八岁。

"妈妈，你为这个介怀？"

我悲哀地点点头。

"可是我的朋友大多数来自破裂的家庭，不是见不到父亲，便是见不到母亲，甚至父母都见不着，这并不是什么稀奇的事。换句话说，妈妈，我所失去的，并不是我最珍惜的。"

我默默。

"妈妈，轮到我问你，这些年来你的生活，过得可愉快？"

"过得去。"

"妈妈，你应当更努力，我们的目标应当不只'过得去'。"

"陶陶，你母亲是个失败者。"

"胡说，失败什么？"

我不出声。

"就因为男女关系失败?"陶陶问。

我不想与女儿这么深切地讨论我的污点。

"陶陶,我很高兴你成熟得这么完美。"

她搭住我的肩膀:"妈妈,你不把这件事放开来想,一辈子都不会开心。"

我强笑着推她一下:"怎么教训起我来?"

她轻轻说:"因为你落伍七十年。"

我鼓起勇气说:"陶陶,你父亲,他回来了。"

"啊?"她扬起一道眉毛。

"他要求见你,被我一口回绝。"

陶陶问:"为什么要回绝他?"

"你以为他真的只想见你一面?"

"他想怎么样?"

我看着窗外。

"他不是想领我回去吧?"陶陶不可置信地问。

我点点头。

陶陶忽然用了我的口头禅:"这是没有可能的事。"

我大喜过望:"你不想到超级强国去过安定繁荣的

生活？"

"笑话，"陶陶说，"在本市生活十八年，才刚露头角，走在街上，也已经有人认得出，甚至要我签名。

"电台播放我的声音，电视上有我的影像，杂志报章争着报道我，公司已代为接下三部片子，下个月还得为几个地方剪彩，这是我自小的志愿，"陶陶一口气说下去，"花了九牛二虎之力才向母亲争取到这样的自由，要我离开本市去赤条条从头开始？发神经。"

这么清醒，这么精明，这么果断。

新女性。

做她母亲，一切担心都是多余的。

"把他的联络地址给我，我自己同他说。"她接过看，"呵，就是这个英念智。"

完全事不关己，道行尚深。

这种态度是正确的，一定要把自身视为太阳，所有行星都围绕着我来转，一切都没有比我更重要。

这，才是生存之道。

我懂，但做不出；陶陶不懂，但天赋使她做得好得不得了。

她拥抱我一下："不必担心，交给我。"

陶陶潇洒地走了。

我呆在桌前半晌。

事在人为，对我来说，天大的疑难，交到陶陶手中，迎刃而解。

人笨万事难。

我翻阅陶陶留下的杂志。

写是写得真刻薄，作者也不透露陶陶真姓名，捕风捉影，指桑骂槐地说她不是正经女子。也有些表示"你放马过来告到枢密院吧，欢迎欢迎"，指名道姓地挑拨当事人的怒火。

看着看着，连我都生起气来，一共才十八岁的小女孩子，能坏到什么地方去？爱捧就捧到天上，爱踩又变成脚底泥，不得不叹口气，有什么不用付出代价？这就是出名的弊端。

但宁为盛名累死，也胜过寂寂无闻吧。

至要紧是守住元气，当伊透明，绝不能有任何表示。他们就是要陶陶又跳又叫，陶陶要是叫他们满足，那还得了！

我把杂志全部摔进垃圾桶，本是垃圾，归于垃圾。

今日告一天假，我务必要去与母亲算账。

母亲在看剧本，身为玉女红星的经理人，她可做的事多得很。

我取笑她："星婆生涯好不好？"

她瞪我一眼。

眼角有点松，略微双下巴，然而轮廓依旧在，身材维持得最完美。

有一次她说："没法度，保养得再好，人家也当你出土文物看待。"

真的，连用词都一样，什么颜色没有失真，形状有时代感，兼夹一角不缺等等。

她抬起头来："阿一，盛一碗红枣粥出来。"

阿一大声在厨房嚷出来："我在染头发，没得空。"

我笑。

"你来是有话同我说？"

我点点头。

"为了叶成秋？"

"他无耻。"我冲口而出。

母亲瞪我一眼："别夸张。"

"他向我求婚，多卑鄙。"

"之俊，一个男人，对女人最大的尊敬，便是向她求婚，你怎么可以把话掉转来说？"

"他以为他有钱，就可以收买咱们祖孙三代。"

"诚然，有钱的男人花钱不算一回事，花得再多也不过当召妓召得贵，但现在他是向你求婚呀。"

我发呆："你帮他，妈妈，你居然帮他？"

母亲冷笑："我是帮理不帮亲。"

"什么，你同他那样的关系，几十年后，你劝我嫁他？"

母亲霍地站起来："你嘴里不干不净说什么？我同他什么关系？你听人说过还是亲眼见过？"

我一口浊气上涌，脖子僵在那里。

岂有此理，十八岁的女儿坚持她是纯洁的，现在五十岁的老娘也同我来这一套。

好得很，好得不得了。

我气结，只有我龌龊，因为我有私生女，人人看得见，她们不同，她们没有把柄落在人手。

我像个傻瓜似的坐在那里，半晌，忽然像泰山般号叫起来泄愤，碰巧阿一染完头发端着红枣粥出来，吓得向前扑，倒翻了粥，打碎了碗。

我又神经质地指着她大笑。

母亲深深叹口气，回房去。

我伏在桌上。

这么些日子，我勤力练功，但始终没有修成金刚不坏身。

多年多年多年之前，母亲同叶成秋出去跳舞，我就在家守着，十二点还不回来，就躲在床上哭。

阿一说："傻，哭有什么用？哭哭就会好了？"

头的重量把手臂压得发麻，我换个姿势。

忽然听见母亲的声音："我不是劝你嫁他。"

抬起眼，发觉她不知什么时候已坐在我身旁。

"我不能阻止他向你求婚。"她苦涩地说。

我已镇定许多。母亲有母亲的难处。

"我亦不怪他，"她说下去，"近四十年的老朋友，他的心事，我最了解。"

窗外的天色渐渐暗下来，呈一种紫灰色，黄昏特有的寂寥一向是我所惧，更说不出话来。

"他想退休，享几年清福，怕你不好意思，故此建议同你到加拿大去。"

我轻轻问："他为什么不带你去？"

一对情人，苦恋三十多年，有机会结合，结局却如此离奇。

"我怎么知道他为什么不带我。"母亲的声音如掺着沙子。

可是嫌她老，不再配他？

"带谁，随他；去不去，随你。有几个人可以心想事成，"她干笑数声，"人生不如意事常八九。"

"他怎么会想到我头上来？"

"他欣赏你。"

"妈妈。"

"这是事实，他要女人，那还愁没人才。"

"他开头那么爱你。"我无论如何不肯开怀。

"那是很久之前的事了。"

"你不恨他？"

"不。我已无那种精力，我还是聚精会神做我的星婆算了。"

我不相信，但也得给母亲一个下台的机会。

阿一又盛出红枣粥，我静静地坐在那里吃。

"叶成秋可以给你一切，这确是一个机会。"

我说："叶世球说他也可以满足我。"

"但叶成秋会同你结婚，而叶世球不会。"

"妈，你不觉荒谬？他们是两父子。"

"也不过是两个男人。"她冷冷地说。

"可以这样机械化地处理？"

"当然可以。"

"那么依你说，如果我要找归宿，叶成秋比叶世球更理想？"

"自然。"

"如果我不打算找归宿呢？"

"这是非常不智的选择。"

"你看死我以后没机会？"

"之俊，你想你以后还有没有更好的机会？"

阿一在旁劝说："两母女怎么吵起来？再苦难的日子也咬紧牙关熬过去了。"

我不去理阿一，问道："你是为我好？"

"叫你事事不要托大。"

"为什么早二十年你没好好教导我？现在已经太迟。"

"我没有教你？我教你你会听？"

阿一来挡在我们母女之间："何必在气头上说些难听又收不回来的话？"

"我改天再来。"我站起告辞。

母亲并没有留我。

做人，我也算烦到家了。

母亲劝我，我不听，我劝陶陶，她亦不听。诚然，三代都是女人，除此之外，再无相同之处。

踱步至父家，上去待了十五分钟。

那夜，我睡得很坏。

第二天一早就有电话。

一个女人亲亲密密叫我之俊，这是谁？我并没有结拜的姐妹。

"之俊，我晓得你是个受过教育的人，我们很感激你的大方，你终于明白过来……"

我知道这是谁，这是英夫人。

她在说什么？

"之俊，陶陶约我们今天晚上见面，我们很高兴，念智已经赶出去买新西装。之俊，你给我们方便，我们会记得，将来或许你有求我们的地方，譬如说：我们可以出力让陶陶帮你申请来美国……喂，喂？"

陶陶约他们今晚见面？

我沉着地说："英太太，陶陶已是成人，她是她，我是我，有什么话，你对她说好了。"

"要不要来美国玩？我们开车带你兜风，你可以住我们家……"

"英太太，我要出去办公，再见。"

这是真话。

回到绘图室，我扭开无线电，在奶白色晨曦下展开工作。

无线电在唱一首老歌，约莫二十年前，曾非常流行，叫作《直至》。

直至河水逆流而上

青春世界停止梦想

直至那时我爱你

你是我活着的因由

我所拥有都可舍予

只要你的青睐

直至热带太阳冷却

直至青春世界老却

直至该时我仍爱你……

唱得荡气回肠。

我为之神往，整个身体侧向歌声细听，心软下来，呵，能够这样地爱一次是多么美丽。

"呀唔。"有人咳嗽一声。

我跳起来。

是叶世球。

我红了面孔。

"爱那首歌？"他坐下来。

我点点头，爱就是爱，何必汗颜。

"你渴望恋爱？"

"是的，像希夫克利夫与凯芙般天地变色的狂恋热恋。"

"啧啧啧。"

"世球，为什么在三十年前，人们还记得恋爱这门艺术？"

叶世球很温柔地答："之俊，因为那时候，渡过维多利亚港只需一毛钱。之俊，在那个时候，月薪五百可以养一家人。之俊，现在我们的时间精力都用来维持生活的水准，社会的价值观念已经转变。之俊，不要再怀旧，你将来的日子还多着。"

"但我渴望坠入爱河。"

"每个人都会有这样的机会。"

我很失望。

叶世球今日比往日更为英俊，他似笑非笑地看着我。

相视半晌，他说："陶陶今晚去见她父亲。"

他又知道了。

他同陶陶走得很近哇，而且很明显地，陶陶信任他，自从他赞助陶陶竞选之后，他们成为忘年之交。

我反而要从他那里得到陶陶的心事。

"她既不肯跟英家去美国，何必去见他？"我问。

"之俊，你头脑真简单，也许十年，也许二十年后她用得到他们呢，现在联络感情，有何不可？"

"用？"我如闻见响尾蛇。

"是的，用。"

"人与人之间可否不提这个字？"

"能，小朋友们每人夹十块钱齐齐买鸡翼去烧烤可以不提这个用字。"

"原来陶陶得你的真传。"我瞠目。

"不敢不敢，孺子可教也。"他微笑。

"你会陪陶陶去见他们？"

"义不容辞。"

我松口气。

"喜见杨之俊终于放开心中大石。"他取笑我。

他与他父亲长得相像，倘若叶成秋不是同母亲有那种关系，我的反应是否相反？

那简直是一定的。

客观地看，叶成秋年纪又不很大，风度才华不在话下，他不算最富有，但是舍得花，钱用在刀口上，他舒服，跟他的人也舒服。

性情好、风趣、智慧。即使再过十年，他还是个理想的男人，打着灯笼没处找。

在我心目中，男人如果没有一点像叶成秋，就不值得多看一眼。

但是自小我没有从长辈以外的角度去看过他，他是像神明一般的人物，我一点亵渎的念头都没有，把他当一个普通人看待，已是大大的不敬。

我的脑筋生锈，转不过来。

跟一个男人走，唯一的可能，是因我心身都爱上了他。

不，我没有学乖，我心仍然向往不切实际、愚蠢且浪漫的爱情生活。

我也爱叶成秋，但是完全不同的一回事。

世球在这时拍拍我的肩膀："之俊，你又堕入你那隐秘的小天地里去了。"

他离开我的房间。

我没有时间再自思自想，投入工作。

陶陶与英氏吃完饭，上来看我。

陶陶穿着成套的丝绒紧身上衣，窄裙，绿宝石大耳坠配衣服颜色，七厘米细高跟鞋子，头发盘成二十年代那种辫子髻。

我没想到她会打扮得这么隆重。

也好，让老乡开开眼界。

她的化妆极浓，但年轻的皮肤吸紧面粉，只觉油光水滑，如剥壳鸡蛋，看在我眼中，但觉心旷神怡。

我说："像个明星。"

"我确是明星。"她说。

"说了些什么？"我问。

"他们很客气，有罗伦斯在，场面总是热闹的。"

"英太太话很多吧。"

陶陶微笑："是，直到罗伦斯告诉她，他在美国出生，并且在加州核桃溪有一大块地皮，一直不知用来盖什么好。"

我很感激世球。

"他……怎么样？"我说。

"一直说不信我是陶陶。他以为我还是小女孩，他知道我有十八岁，但没有联想到我会是这个样子。"

我点点头。

"妈妈，你有没有发觉，我现在叫'杨桃'，如果跟他的姓，便是'樱桃'。"她笑。

我倒是一呆。

她伸出腿，踢掉鞋子，把耳环除下，解下头发，拿我的面霜卸妆。

"还说些什么？"

"他那双眼睛一直红，又仿佛有痰卡在喉咙，一言难尽的样子，相当婆妈，但看得出他不是坏人，我婉拒他的好意，因为罗伦斯说，将来到世界任何一个城市去住都不成问题，他会帮我。"

罗伦斯这，罗伦斯那。

"他将会在本市住一年，我答应有空去看他。"

就这样，就这样解决我十多年来之难题。

她取我的睡衣换上，不知自什么地方翻出一本书，看了起来。

我已经有很长一段时期没看见她这么用功，她一边翻阅，一边兴奋地同我说："妈妈，你可知道圆明三园的来历？"

嘎？

"玄烨——这便是康熙，《鹿鼎记》中小桂子的好友小玄子，"她解释，"玄烨最初把明代的清华园改建为畅春园，其后在畅春园北修了一座圆明园给还未登位的胤禛，到了胤禛（雍正）登位之后，便把圆明园扩建，索性把家搬到园中，每年御驾驻园达十个月之久，因此，圆明园一开头便是一个'朝廷'，不是闲来到此一游的花园。"

她把资料朗读出来，我一时不解其意，不过听得津津有味。

"……即以小说《红楼梦》的故事而论，大观园并不是专供游玩而建造的，兴建的原因是为了接待皇妃元春回家省亲，因此整个布局就以满足举行欢迎和庆祝仪式的需要而展开，南京清江宁织造府的旧园'商园'有人说就是大观园的模式。"

"嘻，好有趣，请读下去。"

"毁于英国人与法国人的圆明三园显然就是一座园林式的皇宫，所谓三园是指圆明园、长春园与绮春园，成倒'品'字形组合在一起，该园始于康熙，兴于雍正，盛于乾隆。"

"这本书是哪里借来的？"

"据说圆明园中有四十景，但并不是四十组不同的建筑群，有趣的问题在于如何将众多不同风格和功能的元素和谐地组织在一起，园中有园，区之中有局。"

嗯。

"妈妈，你听听这四十个景的名称多美妙，正门叫出入贤良门、殿叫正大光明殿、花园叫深柳读书处，还有一处地方叫坦坦荡荡，抽象一点的有天宇空明、山高水长、多稼如云、映水兰香、上下天光、菇古通今、澡身浴德……我想破脑袋都不知是些什么景处。"

我笑："那自然。"忽然我灵光一现："这本书是叶世球借给你的？"

"是呀。"

"他怎么会对圆明园发生那么大的兴趣？"

"因为罗伦斯说圆明三园是一个存在于十八世纪、世界上独一无二的真正的花园城市。十九世纪英国人有过建立花园城市之梦想，但他们只不过是纸上谈兵。"

"那又怎样？"

"他将建议复修圆明园。"

"我不相信！"

"他已搜集了成千上万有关圆明三园的资料。"

"这是一项一百年的工程。"

"不，罗伦斯说，约十六年够了。"

我起了疑心。

我问:"这一切与你有什么关系?"

陶陶不响。

山雨欲来风满楼。

过很久,她说:"罗伦斯叫我跟着他。"

"他,叫你跟着他?"我站起来。

"是。"

"多久?十六年?"

"当然不是。"

吓!我不相信双耳,叶世球像足他老子。

竟叫陶陶随他去办事,好让他身边有个人,旅途中不愁寂寞。

我不答应他就来问陶陶。

我问:"他向你求婚?"

"没有。"

"你打算与他同居?"

"妈妈,镇静些,我们只是朋友。"

"朋友?"

"是,就像乔其奥及许宗华一样,我同罗伦斯是朋友。"

"呵，是，纯洁的朋友。"

"妈妈，你不需要这样讽刺。"

我像斗败的公鸡，颓然倒在沙发上。

我问："你已决定了？"

"是。"

"往后的日子，绝不后悔？"

"我不认为事态会严重到要后悔的地步。"

说得也对，现在是什么时代，更大的恐惧都会来临，说不定哪一日陶陶会因剧情所需，做一个为艺术牺牲的玉女明星。

"你的三套新戏呢？"

"来回走着拍，总会有空当。"

"你爱叶世球吗？"

她点点头。

我心中略为好过一点。

"他也爱你？"

陶陶又点点头。

我不服气："他懂什么叫爱？"

陶陶嗤一声笑出来："他一直说你看不起他。"

"人必自侮而后人侮之。"

"罗伦斯是个很好很好的人，"陶陶一本正经告诉我，"他真的关心我。"

我忍不住问："这是几时开始的事？"

"记得吗，一日开派对，我在这里第一次碰到罗伦斯。"

我记得。

"后来他约会你？"

"不是，我有事去找他，我需要一个成熟的朋友。"

我叹口气，这是欠缺父爱的后遗症。

陶陶拉起我的手："你不动气？"

我？我只有出的气都没进的气了。

我说："罗伦斯著名有爱无类，女人只要有身份证，都可以排队。"

"每个人都有缺点。"陶陶微笑。

陶陶已不能回头，她并不打算做一个平凡幸福的普通女人，她抱定主意投奔名气海，无论在感情及事业上，都要求充满刺激。

她选择错误？

并不见得，每一种生活方式都需要付出代价。

我接受事实。

"罗伦斯说，他怕你会追杀他。"

老实说，陶陶同他走，我放心过她同乔其奥。

也许母亲也这么想吧，也许母亲也认为我跟叶成秋并不太坏。

母亲与女儿的想法往往有很大的距离。

"妈妈，你看上去很不开心。"

"陶陶，我一直都是这样子。"

"我希望你振作起来。"

"去睡吧。"

她打个哈欠，进房间去。

叶世球，如果你令她伤心，我誓死取你首级。

我替她收拾桌面的杂物，一副耳环沉甸甸的，看仔细了，镶工珍贵无比，竟是真货，怕不是叶世球进贡给她的。

大概对她动了真感情，但愿浪子也有阴沟里翻船的一天。

第二日，我若无其事同世球开了一上午的会。

他约我午饭，我推掉，给他看自备的三明治。

他取过一半吃起来。

我知道他有话说。

"之俊。"

真难得，我以为他要开口叫我妈。

"之俊，陶陶跟你说过？"

"说了。"

"Well？"他很盼望地整个人往我倾来。

"你就是为了玩，玩玩玩玩玩，这个城市每件玩意被你玩到残，又到别的地方去玩更新鲜的。"

"之俊，我这个人一直给你这种印象，也是我的错，我不怪你。"他仍然笑嘻嘻。

"陶陶只有十八岁，摧残儿童。"

"她是一个很成熟的女孩子。"

"也还是只有十八岁。"

"感情也分年龄界限？之俊，你冬烘、头巾气[1]、猥琐、狷介、固执，永远住在牛角尖里。"

他瞪着我，我瞪着他。

"说完了？"我问他。

---

[1] 冬烘、头巾气：形容人固执。

他叹口气:"我与陶陶都不想你不高兴。"

"你不觉得滑稽?追一个女人追到一半忽然跑去追她的女儿?"

他不敢搭嘴。

"你会娶陶陶吗?"

他转过头去。

"还不是玩!"

"将来也许会。"

"也许会。"我学着他的口气,"也许不会,世事还有第三个可能?陶陶咎由自取,不过叶世球,你良心可要放当中。"

他晃着头笑:"之俊,你口气似足八十岁老娘。"

"你几时再上去?"

"下星期。陶陶有没有把我的计划告诉你?"

"我知道,"我刺他,"你想拿诺贝尔建筑奖。"

"那设计妙不妙?"他兴奋地问。

我不予置评。

"之俊,我们在西湖租了一间房子,设备非常齐全。之俊,秋季,可以泛舟采菱角,你难道不向往?"

我摇摇头，也难怪陶陶与他这么融洽，他们两人的心态一模一样。

我说："你们去吧，去探讨美丽新世界。"

"谢谢你，之俊。"

世球拉起我的手，亲吻了一下。

他双眼闪烁着喜悦的光芒，在这一刹那，我相信他爱陶陶。

陶陶不比我，她心上没有枷锁，她可不在乎此人是否同她母亲有过不寻常关系。

这一代才是真正自由的新女性。

我吃完剩余那一半的三明治，与助手商讨下一次会议的事项。

内地来了四位见习建筑师，暂驻华之杰，不支薪水，但求吸收。

我们谈论室内装修，他们也来旁听，态度非常谦逊，人非常精灵，客气得不像话，称呼中那个你字是带着心的您："打扰您了""叫您抽空""请问您"等等，令我这个落伍的人听着很舒服。

会议完毕已经华灯初上。

这个时候，中年女人的面色最难看，累了一天，粉都补不上去，等到回家，洗把脸，冲个淋浴，血液流通，又还好些。

我背着手袋，在走廊等电梯，靠在冰房的瓷砖墙上，合着眼。

"之俊。"

是英念智，他找上来了。

因为结已解开，我就没那么讨厌他。

他今日看上去也比往日略为讨好，挂着微笑，他到底也是个有学问的人，懂得进退。

"上哪里去？"他问。

"去探望家父。"

"有时间喝杯咖啡？"

我点点头。

他很觉安慰。

进了电梯，他说："陶陶同你小时候一个样子。"

我苍凉地笑了。说真的也是，都被大我们许多的男人所吸引。

"真没想到她那么好看，"他侧头想一想，很向往，"整个人像一颗发光的宝石。"

我说："那日她浓妆，平时也不过是个小女孩。"

"之俊，多谢你为我养育这么可爱的女儿。"

我立刻说："这个女儿，不是为你养育的。"

他沉默一会儿："之俊，我又说错话，对不起。"

我与他步出电梯。

他叹口气："要你原谅我，也毕竟难一点。"

"不，我从未责怪过你，又何须原谅你？"说我古老，他比我更纠缠不清。

他也发觉这一点，尴尬地把手插入口袋中："我笨，之俊，你别见怪。"他很怕得罪我。

我们找间好的咖啡厅坐下来。

隔壁台子坐着个女青年，牛仔裤大球衣，一只布袋挂在椅背上，相貌很平凡，声音很洪亮，正在教育她对面的小男生，那男的大约刚送完文件下班，一杯咖啡已喝干，很疲倦地看着女友，听她训导。

她正在说："到了那边……"

我吓一跳，连忙向英某投过去一眼角色，表示要换位子。

他这次倒很机灵，跟我到另一角落去。

这次比较好，邻座是一个金发洋人与一混血女郎，那女孩美得像朵玫瑰花，两人情意绵绵地在喝白酒，看着很舒服。

女青年的声音仍传过来，不过低许多。我与英氏还不知如何开口，她已说到黄花岗七十二烈士。但她不肯定烈士为何牺牲，问那后生："是打日本人？是不是？是不是？"那男孩被她震呆，不知如何回答。

我想叫过去，是打慈禧，小姐。

原以为这种夸张的文艺愤怒青年已经过时消失，谁知还有孤本。

"……会不会好一点？"英念智不知说了什么。

"嗯？"我看着他。

"把过去的不快说出来，会不会好过一点？"

"什么不快？"我反问。

"我都不知你怎么千辛万苦才把陶陶带大。"

我微笑："看过苦情戏没有？卖肉养孤儿，陶陶就是那样大的。"

他很吃惊："之俊，你怎么可以拿自身来开这种玩笑？"

我耸耸肩。

"我落伍了，之俊。"他不安地说。

英念智不安地说："我不能接受这样的新潮作风。"

"我算新？陶陶认为我古老石山。"

"陶陶的确站在时代的尖端。"他亦承认，"我都没见过似她那样的女孩，只有在时装书里看过那种打扮。"

我们这一代女人所向往的，在她那一代，终于都得到了。

"那位叶世球，是她的男朋友？"

"是。"

"听说是著名的花花公子？"

"是。"

"你不担心？"

"不。"我说，"年轻女孩子，喜欢挑战，她们最怕生活沉闷。"

"看得出你们感情很好。"

"我们相爱至深。"

"之俊，我的妻子……"他似有点歉意。

"她不错，"我说，"她以你为重，她崇拜你，这是很难得的。"

他沉默，惯性地旋转茶杯。

"之俊，我欠你那么多……"

"得了得了，时过境迁，提来做甚？"

他再三地说："说出来会好一点。"

"不，说出来并不会好一点。"

怎么搞的，这老土一定要与我上演《半生缘》。

"我不相信你都忘了。"

"你想知道什么？"我真佩服自己的耐性。

他又说不上来，只得长长叹一口气，从他的表情我可以看得出，他终于明白过来，许多金光灿烂的记忆，都经不起岁月的考验，褪至灰白。

他同时也知道，我并不恨他，我们之间，已成陌路，无话可说。

愤怒女青年还在发表伟论："我希望可以月入五万元，这样子开销才不成问题……"

全咖啡厅都听到她的宏愿。

我说："走吧。"

他付了账。

　　握过手道再见，他还想说文艺腔，我连忙拍他的肩膀，叫他休息。

　　我把车开到父亲那里去。

　　他精神不错，与儿子下棋，每子必悔，赢了骂，输了也骂，难得的是，父子同样投入，两个弟弟红着脖子同他吵，见到我，强迫我做公证人。

　　他忘记了我对于棋艺一窍不通。

　　我在那里喝了碗莲藕章鱼汤，觉得很甘香。这样的汤，打死母亲她也不会喝。

　　你不能说我们不坚毅，在疾病死亡阴影的笼罩下，仍然苦中作乐。

　　那边父亲一迭声叫我过去。

　　继母向两个儿子使个眼色，他们乖觉地躲开。

　　我蹲在父亲的身边，听他吩咐。

　　他问我："陶陶怎么许久不来？"

　　"她那么疯，哪儿有停下来的一刻。"

　　"之俊，我是不行了。"语调异常平静。

　　我喉头干涸。

　　"棺材本我倒还有，不必担心。"

我借故问："吃了药没有？"

"还有些东西留给你。"

我立刻说："我不要。"

"你到底是杨家的女儿，怎么不要？"

"给弟弟。"

他不响。

"爸，如果你真为我好，就把东西留给弟弟。"

"你不要？你已经足够，不需要我？"

"不是，只是他们比我更需要。答应我。"

他默默想很久，终于点头。

我嘘出一口气，心中放下大块石头。

这间住宅能有多大，不管他们回避在什么地方，我相信每句话都会传入他们的耳朵。

我有点支持不住，与活着的人谈他死后遗产分配问题，实在太过分，何况这人是我的父亲。

"我累了。"他说。

我告辞。

弟弟们一直送我到楼下，虽然不说什么，也看得出心中是很感激的。

夜凉如水,我拉拉衣襟。每年等我想起要置秋装的时候,铺子都大减价了。

陶陶跟世球北上,我装作看不见。

报上新闻登得很大,图文并茂,是陶陶穿着牛仔裤球鞋步出罗伦斯家时摄得的,图片说明绘形绘声,陶陶在数个月间变成都市传奇女性。

英教授不知有没有后悔认回这个女儿,他满以为陶陶是个等他救济的小可怜吧,三餐不继,住在本市著名的木屋区中,生病要住公立医院排队,含着眼泪渴望父爱……

放下报纸我笑出声来。

我已把绘图室看作第二个家。什么事都在这里做,当下折好报纸,便喝手中的红茶。

自内地来见习的小钱进来问我借工具,顺便闲聊几句。

他感觉到工作的压力惊人,要学的实在太多,最难受的是寂寞。他结婚才一年,孩子出生没多久就被派下来,颇受了点相思之苦。

他形容得很好:“晚上回去,整个人像是空的,很想家人。”

孩子是女儿,因为只能生一个,颇为遗憾。

我不以为然地说："此刻男孩与女孩还有什么分别？不比从前，怕女儿自小嫁到外姓人家去，轻易不得见面，被人虐死也不知道。现在女孩子也什么都做，又记得家里，我本人喜欢女儿。"

他冲口而出："但儿子总是姓钱，女儿嫁出去，就不一样。"

我瞪着他："你的姓氏那么要紧吗？"

他有点不好意思。

"你看我们这里，当权的都是女人。"

"是，真的，"小钱说，"这里女性地位真的高。"

我教育他："越是文明的社会，女人地位越高，你要好好地疼爱女儿。"

"是是。"他唯唯诺诺。

我笑出来。

小钱借了软件讪讪地走了。

电话铃响，我接过："杨之俊。"

"杨小姐，我代表钟斯黄鸟顿公司。"对方说。

我一呆，这间公司是著名的猎头手，专替大机构拉角，挖掘行政专门人才。

"我可以为你做什么？"我问。

那边的声音极富魅力："小姓高，希望杨小姐拨冗与我们谈谈公事。"

"公事？"

"是，我们受客人委托，指明要杨小姐帮忙。"

"可否先透露一二？"

"可以，我们了解你此刻为华之杰进行一项工程，约莫明年年中才可完工，但刚巧与我委托人的时间配合，所以要预早谈合同。"

我的心狂跃。

来了，这一刻终于来临，苦干多年，终于获得赏识，我不知如何回答，万分感慨，鼻子竟发酸。

高先生急急地说："杨小姐下星期一有没有空？"

"有。"

"上午十时或下午三时，随杨小姐选。"

"上午我来贵公司面谈。"

"到时见。"高先生爽快地挂了电话。

我轻轻放下话筒，欢呼一声，忽然间热泪夺眶而出，心中充满说不出的快意：成功了成功了。

对我这种小人物来说，这便是山之峰，天之尖。

我伏在绘图桌上，我找到了，我终于找到了自己。这是我事业的第一步，我终于获得大步走的资格，道路无论有多少荆棘，终会走得通。

我一边开心，一边饮泣，一边觉得自己傻气。

"之俊。"

我连忙擦干眼泪，转过身子。

叶成秋站在门外，脸色微愠。我站起来："什么事，叶伯伯，工作上有问题？"

他坐下来，看着我。

我还未见过他动气，非常不安。

他问："新发基来挖你角？"

"谁？"我瞪目。

"之俊，对我你可以坦白。"

"是新发基？我不知道，我刚接的电话，他们叫我星期一去谈话。"

"你去不去？"

"去呀！"

"之俊，你要工程，我这里有的是，你何必起二心？"

他恼我。

"咦，我只是一枚微不足道的小钉子。"

"我用的人，全部都是英才。"

"每个人都知道我是黄马褂。"

"瞎说，只有你才这么想。"

"那么多设计人才都有大学文凭，你一登报真可以随便挑。"

"你是走定了？"

我不明他为何无端发作："人家还没决定要请我呢。"

"瘦田没人耕，耕开有人争。"

"有没有我有什么不同？"

"当新发基一切条件与华之杰相同，而他们多了一个你的时候，有没有你就发生作用。"

我说："这种机会是很微的。"

"微？那他们为什么要拉你过去？"

我不禁飘飘然。

"做生意，只怕万一，不怕一万，我不准你走。"

"叶伯伯，你不是要退休要去加拿大？"我问，"这里的事，何必还这么劳心？"

"我今天可没退休，之俊，无论新发基给你什么条件，回来同我商量。"

"你不退休了？"

他双手插在口袋里。

才五十多岁，正当盛年，退个鬼休。即使去到外国，怕他还是得打出更大的局面来。

他说："你陪我走，我就退休。"

我也摊开来说："我怎么同你走？世球与陶陶已结伴北游，他俩有什么发展，我同你就是亲家，叶伯伯，世球未来的丈母娘怎么又可能是他的继母？他们的孩子叫你祖父，叫我外婆，这个局面又怎么收拾？"

叶成秋不响。

"现在连叫我母亲陪你走都不可能了。"

他说："任性的人往往最占便宜的，这次世球占了上风。"

"叶伯伯，请让我们维持目前的关系，直到永远。"

"世球与陶陶是不会结婚的。"

"你怎么知道？他们做事那么神化。"

"你此刻是为陶陶牺牲？"

"不，但既然陶陶与世球已经到这种地步，我们就得适可而止。"

"乘机而止。"叶成秋说。

可以那样说，是陶陶替我解了围。

我安乐地看着叶成秋，胸有成竹，咪咪嘴笑。

他诧异地说："之俊，你不同了。"

"我不同？"

"是，你变得深思熟虑，懂得利用机会。"

"呵，成精了。"我称赞自己。

叶成秋一边点头一边说："好，好，我可以放心。"

我笑出来。

我了无牵挂，真正开始享受生活。

星期一，我如约去到钟斯黄乌顿。

高先生是个英俊小生，对我如公主般看待，拉椅子，递香烟，无微不至，但看得出做起生意来，也必然如叶世球精明入骨。

我并没有准备对白，我打算实事求是。

我说："是新发基公司是不是？"

高先生一呆："消息传得好快。"

我说:"是我目前的老板同我说的。"

高先生急说:"他不肯放人?"

"我与叶先生没有合同。"

高点点头:"明人眼前不打暗话,我们听说杨小姐与华之杰有特殊关系。"

我微笑。

是,他儿子追求我女儿。

"所以当我们的委托人指明要杨小姐帮忙,我们认为这件事不容易办到。"

"你们的条件好吗?"我问道。

"愿与杨小姐谈一谈。"高先生说。

"请说。"

他忍不住:"杨小姐名不虚传。"

"名?"我愕然,"我有什么名?"

"都说杨小姐做事爽朗,说一是一,说二是二。"

"这算优点?这是华之杰一贯作风。"

他很佩服:"久闻华之杰猛将如云。"

我竟与高君谈得超过一小时。

来之前我已决心跳槽。我要证明自己,做不来至多重作冯妇，再去替客人找金色瓷盆。

他们的条件很好，公司十分礼待于我，最难应付的不外是新的人事关系，我的信条是凡事不与人争，尽其本分做好工作。

使我惊异的是工程不在中国任何一个城市，而是在美国旧金山。

世球回国发展，他父亲要把叶氏企业移往西方扬名，留在本市的人才，也许会成为最重要的环节。

我渐渐看通这一层关系。

这张合同我是签订了。

离开钟斯黄乌顿尚未到午饭时分，我觉得天气特别爽，阳光特别好，我今日特别年轻，心情开朗。

我一个电话，把母亲叫出来吃中饭。

她很疙瘩地叫我到嘉蒂斯订台子。

一坐下来便同我说："看到没有，左边是霍家两个媳妇，右边是郭家姐妹。"

"是不是这样就不用叫菜了？"我笑问。

她瞅我一眼："你最近心情大好。"

"是的。"

"你叶伯伯很生气。"

我迅速分析她这句话。气——气什么？两个可能性：一是为我拒绝他，二是为我往新发基。一已过时，他不可能气那么久，故此为二的成数比较高。

从这句话我有新发现，母亲与他又开始说话了。

我笑问："他约会你？"

母亲支支吾吾："我们吃过一顿饭，还不是谈你。"

"我怎么了？"

"华之杰大把工程在外国，做生不如做熟。"

"我就是要做生。"

"他气。"

"他看不开。"

"你是他栽培的。"

"我总会报答他。"

"他说，你是不是不齿于他，要避开他。"

"绝不。"

"那一家也不过是酒店，你已做过，难道不腻？"

"他叫你做说客？"

"他不是那样的人。"

"他又对你诉苦了?"我很替母亲宽慰。

"是呀,"母亲嘲弄地说,"他现在比以前更苦,他向人求婚,居然被拒,苦也苦到极点,没有苦水,他来找我这个老朋友做啥?"

我忍不住笑,一切恢复旧观。

她犹疑一刻:"你父亲如何?"

"不行了,"我有一丝苍凉,"数日子,在这段时间内,我会尽量陪他。"

母亲说:"他把一切委诸命运,其实操纵他命运的,是他的性格。"

"可是他仍是我父亲。"

气氛有点僵。

母亲努力改变话题:"陶陶昨日挂电话回来,我同她说,新戏后天开拍,催她回来,你猜她在什么地方?"

"火焰山。"

"别开玩笑。她在威海卫,真是,连我们没去过的地方,她都去了。"

"她很年轻,胆子大,志向远,这个时候不飞,就永远飞不起来了。"我说。

"以前你也尝试过要把她缚住。"母亲说。

我尴尬地笑。

"你有没有想过归宿的问题？"

"我的归宿，便是健康与才干。你还不明白？妈妈，一个人，终究可以信赖的，不过是他自己，能够为他扬眉吐气的，也是他自己，我要什么归宿？我已找回我自己，我就是我的归宿。"我慷慨陈词。

母亲说："哗，我还没听过比这更激昂的讲词，你打算到哪一家妇女会去发表演说？"

"这是真的，我只有三十五岁，将来的日子长着呢。"

"啊，'只有'三十五岁，以前我老听你说你'已经'三十五岁。"

我厚着面皮说："嗳，我现在的看法变了。"

"很好很好。"

我们吃完饭就走了。

妈妈羡慕郭大小姐嘴上那只粉红色的胭脂。为了讨好她，为了做人苦多乐少，为了纵容自己，我说："马上替你去买。"

我们在门口分手，她打道回府，我去百货公司的化妆品部。

我把唇膏与腮红一个个研究，摆满玻璃柜台。

"杨小姐。"

我转过身子。

哎呀，是关太太，不，孙灵芝小姐。

我有点心虚，怕她会记仇，这个小地方，谁不知道谁的事。

但一眼看过去，只见她身光颈靓，容光焕发，穿戴合时，大白天都套着大钻戒，起码三克拉，耀眼生花，她的皮肤比以前更白皙，眼睛更闪亮。

看样子她正得意，一个人，际遇好的时候，气量自然扩大，想来不会与我计较，我可以放心。

我连忙活泼地用手遮一遮眼，打趣地说："这么大的一个灯泡，照得我眼睛都睁不开了。"

孙小姐被我恭维得一点芥蒂也不存。

孙小姐打我一下："好不好？"

"托福，过得去。你呢？"

"我结婚了，在夏威夷落籍。"

"恭喜恭喜。"这是由衷的。

"我刚才在嘉蒂斯已经看见你，你同朋友在一起。"

"那是家母。"

"这么年轻，"她诧异，"这么漂亮。"

她展开笑容："令千金也是个美女。"

终归纳入正题。

我笑："只有我夹在当中，不三不四。"

"杨小姐，你根本不打扮，来，我帮你挑一个好的颜色。"她取起柜台上的盒子。

我小心应付。

"我没想到杨陶是你的女儿，"她闲闲地说，"她同叶世球走？"

我笑着耍太极："报上是这么说，孩子大了，我也只得装聋作哑。"

"世球最喜欢在选美会中挑女朋友。"

在这一刹那，她有无限依依，声线都柔和起来，一个女人是一个女人，尚卢·高达之名句。

对，记得她是檀香山皇后。

"这个颜色好。"她下了结论。

我一看，是种极浅的桃子红，搽在脸上，可能无迹可寻，但看上去一定十分娇柔。

孙灵芝说："我买一盒。"

我说："我要三盒。"

"三盒？"她扬起一道眉。

"我上有母亲，下有女儿。"我微笑。

"呵，是。"孙小姐恍然大悟。

售货员替我把粉盒子包好，我接过，与孙灵芝道别。

我走出店铺，阳光如碎金般揉入我眼中。

我忽然发觉，女人，不论什么年纪、什么身份、什么环境、什么性情、什么命运、什么遭遇，生在一千年前，或是一千年后，都少不了这盒胭脂。

噫，胭脂是女人的灵魂呢。

我愉快地伸出手，挡住阳光，向前走。

图书在版编目（CIP）数据

胭脂 /（加）亦舒著 . —长沙：湖南文艺出版社，2018.4
ISBN 978-7-5404-8548-1

Ⅰ . ①胭… Ⅱ . ①亦… Ⅲ . ①长篇小说—加拿大—现代 Ⅳ . ① I711.45

中国版本图书馆 CIP 数据核字（2018）第 023821 号

上架建议：畅销·小说

YANZHI
胭脂

作　　者：[加]亦舒
出 版 人：曾赛丰
责任编辑：薛　健　刘诗哲
监　　制：毛闽峰　赵　萌　李　娜　刘　霁
策划编辑：李　颖　张丛丛　杨　祎　雷清清
文案编辑：王　静
营销编辑：杨　帆　周怡文　刘　珣
封面设计：张丽娜
版式设计：李　洁
出版发行：湖南文艺出版社
　　　　　（长沙市雨花区东二环一段 508 号　邮编：410014）
网　　址：www.hnwy.net
印　　刷：北京旭丰源印刷技术有限公司
经　　销：新华书店
开　　本：775mm × 1120mm　1/32
字　　数：165 千字
印　　张：9.5
版　　次：2018 年 4 月第 1 版
印　　次：2018 年 4 月第 1 次印刷
书　　号：ISBN 978-7-5404-8548-1
定　　价：45.00 元

若有质量问题，请致电质量监督电话：010-59096394
团购电话：010-59320018